娘じゃなくて私《ママ》が好きなの!?
Musume janakute Mama ga sukinano!?
望 公太
nozomi kota
イラスト／ぎうにう
giuniu

プロローグ

♥

「――この子は私が引き取ります」

こんなことを言って五歳の美羽《みう》を引き取ったのは、いったいいつのことだっただろう。

ずいぶんと昔のような気もするし、ついこの前のような気もする。

姉夫婦のお葬式で、親戚の大人達の前で、大見得切って大言壮語した。

昂《たか》ぶる感情のままに。

荒ぶる感情のままに。

今になって思い返すと……顔から火が出るほど恥ずかしい。

二十歳《はたち》そこそこの小娘がずいぶんと生意気口を利《き》いてしまったと思う。

まともに家庭を持ったこともなければ、まともに働いたこともない。

そんな世間知らずの女が、それぞれ立派な家庭を持っている大人達の前で、なんとも偉そうなことを言ってしまった。

今となっては反省すべき態度だったと思う。

でも。

後悔はしていない。

態度に反省点はあれど——決断に関しては全く後悔していない。

もし過去をやり直せるとしても、何度でも同じ選択肢を選ぶと思う。

美羽《みう》を引き取り、美羽《みう》の母親になる。

ママになる。

その決断が間違いだったとは思わない。

むしろ——人生で最高の決断だったと思うくらい。

美羽《みう》を引き取って——美羽《みう》と母娘《おやこ》になれて、本当によかった。

あの日あの場所での決断は、きっと運命だったのだろう。

いろんな意味で、いろんな角度で、運命。

美羽《みう》のこと——だけじゃない。

一応……あの日が、私と彼が初めて会った日となる。

大変申し訳ないのだけれど……私の方は美羽《みう》のことで頭がいっぱいであんまり覚えていないけれど——でも、彼の方は鮮明に覚えているそうだ。

私を初めて見た日のことを。

私に——心を奪われた日のことを。

ちょうど昨日の夜、そんな思い出話をされたんだった。

少し恥ずかしそうに、でもどこか誇らしげに、私に惚《ほ》れたときのエピソードを熱く語ってくれた。

はあ、まったく。

いくつになっても全然変わらないんだから、タッくんは――

「…………」

パチリ、と。

ゆっくりと目を開く。

目の前にあるのは、大きな鏡。

そこに映った自分の姿に――思わず息を呑《の》む。

純白のドレス。

真っ白で煌《きら》やかで、清廉で純潔な、白い装《よそお》い。

花嫁さんが着る衣装だ。

なにを着るか決めるために何種類も試着して、この日のために少しダイエットをして、三日前にはエステにも行ってきた。

ドレス以外にも、今日この日のために、彼と二人で準備を重ねてきた。

「……ふふっ」

なんだか不思議な気分。

花嫁衣装に身を通すことなんて、きっとないと思っていた。

断固たる覚悟を決めていたわけではないけれど……美羽《みう》を引き取ったあの日に、そういった諸々《もろもろ》は諦めなければならないと感じた。

普通の恋愛、普通の結婚、普通の出産――

そういった全てを諦めてでも、娘を立派に育てていこうと決めた。

でも。

ふと気がつけば――諦めようとしたはずの全てを手にしてしまっている私がいる。

全部全部、タッくんのおかげ。

諦めてもいいと思っていた全ての幸福を、彼が私にプレゼントしてくれた。

十歳の頃からずっと、十年以上私を好きでい続けてくれた彼が、溢《あふ》れんばかりの幸福を私に与えてくれた。

目を閉じれば――これまでの全てが蘇《よみがえ》る。

突然の告白。

初めてのデート。

美羽《みう》の想《おも》い。

付き合うまでのグダグダ。

いきなりの遠距離恋愛――と見せかけた同棲《どうせい》。

初めて夜を共にした日。

それから、それから、それから、それから――

ああ。

数え切れない。

抱え切れない。

胸を埋め尽くすほどの、彼との思い出。

楽しいことばかりじゃなかったけれど、上手《うま》くいかないときもあったけれど――今となってはその全てが幸せだったと胸を張って言える。

彼と歩んできた、かけがえのない日々――

まあ。

なんというのか。

着ている服のせいかどうしても感傷的で感慨深い気持ちになってしまうけれど、映画で言えばエンドロール、小説で言えば最終巻みたいな気分になってしまうけれど――

でも、なにも今日で人生が終わるわけじゃない。

私達の人生はこれからも続いていく。

だから、今日この日は――単なる節目でしかない。

なにげない毎日よりはちょっとだけ特別な、人生の節目――

コンコン、と控え室のドアがノックされた。

開かれたドアからは、

「――ママ」

愛《いと》しい愛《いと》しい愛娘《まなむすめ》が、ひょっこりと顔を出した。

第一章
妊娠と報告

♥

シングルマザーの朝は早い。

眠い目をこすって早起きして、高校に通う娘のために、毎朝お弁当を作ってあげなければならない。

それが――私の日常。

三ピー歳の私の、毎日のルーティーン。

……だったはずなのだけれど――

「あっ。おはよう、ママ」

朝の七時。

のんびりと起床した私がリビングに入ると、テーブルにはすでに朝食が並んでいた。キッチンには制服に着替えた美羽《みう》が立っている。

今日も私より早く起きて、朝食の準備をしてくれたらしい。

「まだ寝ててもよかったのに」

「いつまでも寝てるわけにもいかないでしょ」

言いつつ、私は卓につく。

私が東京から帰ってきて——早二週間が経過した。

最近美羽《みう》は、ずっとこんな感じ。

私よりも早く起きて、二人分の朝食を作ってくれる。

ご飯以外にも、洗濯や掃除、買い物など。

家のことを積極的に手伝ってくれるようになった。

元々要領がよくて家事炊事も一通りできる子なんだけど……今まではいくら言ってもなかなか手伝ってくれなかった。

まあ、私が体調が悪いときなんかはなんでもやってくれたけど……裏を返せば、私が元気なときはあんまりということ。

面倒臭がりなのか、母親に甘えているのか。

ともあれ。

そんな美羽《みう》が今、未《いま》だかつてないほど家のことをやってくれている。

その理由は——まあ、正直とてもわかりやすい。

「妊娠中は寝つき悪くなる人もいるっていうからね。しんどいときは無理して朝起きしなくていいから。私、全部自分でできるし」

「今のところ大丈夫だから安心して。昨日もぐっすり八時間眠れました」

「ならいいけど」

はい、コーヒー。

素っ気なく言って、美羽《みう》はテーブルにカップを置く。

と言っても中身は普通のコーヒーではない。

『タンポポコーヒー』という、タンポポの根から作ったお茶。コーヒー豆を使っているわけではないので、厳密にはコーヒーとは違う。

ノンカフェインであるため、子供や——妊婦でも安心して飲める。

…………。

そう。

妊婦でも。

なにを隠そう今、私のお腹《なか》の中には子供がいる。

産婦人科で診てもらったところ、現在、妊娠三ヶ月。

まだそんなに目立っているわけではないけれど……少しずつ少しずつ、お腹《なか》の方も膨らんできた。

「……ふふっ」

「なにママ？　急に笑って」

「ううん……なんでもない。ただ、ちょっと嬉《うれ》しくて」

微笑《ほほえ》みつつ、私は言う。

「美羽《みう》が急にしっかりし始めたからさ」

「…………」

「お姉ちゃんになる自覚が目覚めたってことなのかしらね？　そうよね。下の子ができるんだから、美羽《みう》もしっかりしなきゃよね。頑張れ、お姉ちゃん」

私としては褒め言葉のつもりだった。

ここ最近の態度を褒《ほ》め称《たた》えたつもりだった。

しかし美羽《みう》の方はからかわれたと感じたのか、

「……そりゃまあ、しっかりもしなきゃですよ」

と、どこか拗《す》ねたような口調で言い返してくる。

「同棲《どうせい》で浮かれまくったどっかの誰かさん達が、ずいぶんと計画性のないことしてくれたからね。せめて私ぐらいはしっかりしてないと」

「……っ」

そこ突かれてしまえば、私はもう黙るしかない。

だって……うん、まあ。

本当本当に、計画性のないことしちゃったからなあ。

私、歌枕綾子《かつらぎあやこ》、三ピー歳。

事故で亡《な》くなった姉夫婦の子供を引き取ってから、早十年。

紆余曲折《うよきょくせつ》を経て──お隣に住む十歳も年下の大学生、左沢巧《あてらざわたくみ》くんと交際することとなった。

その後さらにいろいろあって、三ヶ月間、私と彼は東京で同棲《どうせい》生活を送ることとなった。

成人した男女が一つ屋根の下にいてなにも起きないはずもなく……私と彼はめでたく結ばれた。お互いに初体験ということもあり、そこに辿《たど》り着《つ》くまではいろいろあったけれど、どうにかこうにか関係を一歩進めることができた。

そして。

まあ……なんと言いますか。

関係を一歩進めたら、その拍子に十歩ぐらい進んでしまったというか。

「正直、ドン引きだよね」

朝食中、しみじみと美羽《みう》は言った。

私の心にグサッと刺さるような言葉を。

「ママとタク兄はさ、なにしに東京行ってたわけ？」

「…………」

「仕事だよね？　仕事で行ってたんだよね？　ママは担当作のアニメ化にしっかり関わりたいから。タク兄はそんなママを支えつつ、自分もインターンで社会経験を積むため」

「まあまあ、そうは言ってもさ。二人とも付き合い立ての一番楽しい時期だったわけだし、離ればなれになりたくないって気持ちもあったっていうのもわかるよ。狼森《おいのもり》さんだってその辺は十分理解してママ達を同棲《どうせい》させようと企《たくら》んだと思うし」

「…………」

「きっと信頼してたんだろうね。ママならきっと、いきなりの同棲《どうせい》で浮かれてハメを外すことなく、ちゃんと仕事とプライベートを計画的に両立してくれるってさ」

「…………」

「それを言うなら……私だって信頼して送り出したつもりだよ？　ママはママでキャリアを積んで、タク兄はタク兄で将来のために経験を積んで……二人はきっと成長して帰ってくる。社会人としてもカップルとしても、一回りも二回りも成熟して帰ってくる。そう信じてたからこそ、一人こっちで留守番してたわけじゃん？」

「…………」

「それなのにさ」

美羽《みう》は言う。

呆《あき》れ果《は》てたような目で私を見つめ、深々と溜息《ためいき》をついた。

「まさか……無計画に子供作って帰ってくるとは思わないよね」

グリグリ、と。

深く突き刺さった刃をねじ込まれる気分だった。

「いや別にさあ、私ももう高校生だからさあ……大人の二人が付き合ったらそういう関係になるのも覚悟はしてたけどさあ……。一つ屋根の下で暮らしてたら当然そうなるのもわかってたけどさ……でも、子供はまた話が変わるでしょ？」

「……う」

「この令和の時代にあんまり古くさいこと言いたくないけどさ……それでもなんていうか、順番っていうのはあるじゃん？　正式に交際始まってまだ数ヶ月しか経《た》ってなくて、結婚のけの字すら出てないのに……それで妊娠って」

「……うう」

「ママ達、仕事じゃなくてハネムーンに行ってたの？」

「……う、う、うわぁーん。もうやめて！　これ以上イジメないでよぉ！」

耐えきれなくなって崩れ落ちる私だった。

「違うもん！　遊びに行ったわけじゃないもん！　仕事はちゃんとやってきたわよ！　やることはやってたの！」

「……………」

「でも、その、だから……よ、夜の方もやることをやっていたら、できるものができてしまっただけの話で……」

く、苦しい！

言い訳が苦しすぎる！

「……やるべきことをちゃんとやっていなかったから、無計画にできちゃったんじゃないの？」

「ぐふぅっ……！」

完全論破。

高校生の娘に完膚なきまでに論破されてしまった。

なにも言い返せない。

子供ができないようにきちんと細心の注意を払っていたかと問われれば……胸を張って頷《うなず》くことはできない。『まあたぶんできないだろう』みたいな油断が心のどこかにあったと言わざるを得ない。

あれー。

おかしいなー。

本当はこういう性教育って……母親の私が年頃の娘に教えないといけないことなんじゃないのかなー？

なんで私が娘に教わっているのだろう？

いやー、うちの娘は本当にしっかりしてるなあ。

「……う、うう。もうこれ以上イジメないでよ、美羽《みう》……。その件に関してはお父さんとお母さんから死ぬほど説教されたんだから……」

東京に帰ってきてすぐ、私とタッくん、双方の両親に今回の件は報告している。

さすがに隠してはおけないと判断した。

その詳細は……大騒動すぎて語り尽くせない。

当然と言えば当然なんだけど。

タッくんの方の両親は私との交際を知っていたからだいぶマシだったけれど……うちの両親の方は特に大変だった。

まずは私達の交際報告からしなきゃいけなかったから。

三十超えてシングルマザーやってる娘の交際相手が二十歳《はたち》の大学生で……実はうっかり子供ができちゃいましたなんて。

衝撃的展開すぎる。

「まあでも、結果的によかったんじゃない？　隠してたタク兄の件もこれでめでたくオープンになったわけだし」

「……それは」

そうかもしれないけど……でも、それにしたってもっといい形の報告の仕方があったように思う。

「お爺《じい》ちゃんお婆《ばあ》ちゃんも、最終的には二人のこと応援してくれる感じに落ち着いたし」

「……まあ、子供ができちゃったからね」

妊娠のインパクトが強すぎたせいなのか、『彼氏が大学生』という件に関してはあんまり掘り下げる時間がなかった。

もうしょうがない、みたいな空気。

それどころじゃない、みたいな諦観。

妊娠を理由にするような形になってしまって不本意な気はするけど……結果オーライと言ってもいいのかもしれない。

「……お爺《じい》ちゃん達もさ、案外嬉《うれ》しい気持ちの方が大きかったかもね」

「え？」

「なんだかんだママのことは心配してただろうからさ。私みたいな大きい子供がいて、でも結婚はしたことなくて……。ほら、お爺《じい》ちゃん達世代って、結婚はして当然、ぐらいの世代でしょ？」

「…………」

それは――そうかもしれない。

『綾子《あやこ》が子供を産むことは諦めてた』とか、言われたし。

あんまりうるさく言われたことはないけれど——なんだかんだ、私がいい年して身を固めてないことに思うところはあったのかも。

今の時代、結婚が人生の全てではない。

結婚してない人も大勢いる。

でも私達の親世代だと、まだ『女の幸せは結婚して子供を作ること』と思っている人も多い気がする。

「順番は前後しちゃったかもしれないけど、三十超えた娘が無事に妊娠できたわけだからさ。あーだこーだ文句言いたくなる気持ちより、嬉《うれ》しいとかホッとしたって気持ちがメインだったと思う」

「美羽《みう》……」

胸が温かいもので満たされる。

でも少しだけ言い返したい気分もあった。

「大げさよ。私はまだ、そんな心配されるような年じゃないんだから」

「なに言ってるの！」

軽く言った私に、美羽《みう》は鋭い口調で告げる。

「ママの年で初産《ういざん》なんてね——立派な高齢出産なんだからね！」

「——っ⁉」

こ、高齢……⁉

ああ、なんて嫌な響き！

世間一般では初産《ういざん》の場合、三十五歳以上が『高齢出産』と言われる。

つまり三ピー歳の私は……うん。

まあ、ええと……そこは曖昧にぼかしておくとして。

「ち、ちち、違うわよ、美羽《みう》……。私は全然まだ、若い方で……。高齢出産って言ってもラインにギリギリ……本当にギリギリ入るか入らないぐらいの」

「往生際《おうじようぎわ》が悪い」

厳しい目をしてビシッと言う美羽《みう》。

「自分の年齢からは逃げられないんだから、ちゃんと認める。二十代の人に比べてリスクが上がってるのは確かなんだから、それも認めて向き合う」

「は、はい……」

「あと妊娠したって言っても、まだ全然安定期には入ってないから本当に気をつけなきゃダメだからね。自分一人の体じゃないってことを忘れずに。ママ、ちょっとのほほんとしすぎだから、しっかり気を引き締めて」

「……はい」

頷《うなず》く他なかった。

私の妊娠をきっかけに、美羽《みう》は本当にしっかりし始めた。

もう立派なお姉ちゃん。

というか……もはや姑《しゅうとめ》みたいになってる。

♠

梨郷聡也《りんごうさとや》は、俺、左沢巧《あてらざわたくみ》の友人である。

整った顔立ちと華奢《きゃしゃ》な体格。

女子と見まがうような美青年であり、実際に女装をして街を歩くことも多い。

まあ、本人曰《いわ》く、

『女装じゃなくて、僕に似合う格好をしてるだけ』

とのことだけれど。

『女らしい格好をしよう』とか『女子になりたい』とかそういう願望があるわけではないらしい。特に男性趣味というわけでもなく、恋愛対象となるのは女性で、今現在も交際中の彼女がいる。

変わった奴《やつ》と言えば変わった奴《やつ》。

俺にとっては大切な友人の一人だ。

付き合いは大学から。

学部が同じだったことからなにかと一緒に行動する機会が多かった。

現時点で『最も親しい友人は？』と問われれば、俺は聡也《さとや》の名前をあげるだろう。

綾子《あやこ》さん絡《がら》みでも聡也《さとや》には世話になった。

付き合う前も付き合ってからも、なにかと相談する機会が多かった。

本人は『遊び半分でやっている』と露悪的な態度を取っていたけれど、なんだかんだ親身になってくれていたように思う。

時に優しく、時に厳しく、俺の恋路を支えてくれた。

胸を張って断言できる。

梨郷《りんごう》聡也《さとや》は、信頼できる大切な友人だと。

だから。

だからこそ。

親族以外で最初に報告するのは、聡也《さとや》にしようと思った。

俺が今陥っている退《の》っ引《ぴ》きならない事情。

向き合わなければいけない現状。

人によっては、軽蔑の眼差《まなざ》しを向けてくるような話だ。どれだけの偏見や侮蔑をぶつけられても文句は言えないと思う。

でも——聡也《さとや》なら。

あいつならきっと、わかってくれるはず。

俺のことを理解し共感し、慰めて励ましてくれるはず——

「——いやいや、ドン引きだよ」

と聡也《さとや》は言った。

呆《あき》れ果《は》てたような顔で。

見下げ果てたと言わんばかりの目で。

「引くわー。大学生の分際で相手を妊娠させるとか、マジで引くわー……。男としてどうなの、それ？」

「……ぐ、ぐふぅ……」

頬杖《ほおづえ》をつきながらの攻撃に、俺はもう打ちひしがれるしかなかった。

聡也《さとや》の家、である。

話の内容が内容だ。

万が一にも他の誰かに聞かれたくなかったので、大学が終わってから俺達二人は聡也《さとや》の家に足を運んだ。

そこで綾子《あやこ》さんの妊娠を伝えると、返ってきたのは激励の言葉——

ではなく。

失望感を露《あら》わにした軽蔑の言葉だった。

「お、お前な……勇気を出して報告した友達にかける台詞《せりふ》かよ……」

「だってフォローのしようがないって。まだ付き合って半年も経《た》ってないのに妊娠させちゃったなんてさ」

溜息交《ためいき》じりに言う聡也《さとや》。

「なんかショックだなー。巧《たくみ》はその辺、しっかりしてると思ったから。誰よりも綾子《あやこ》さんのことを思いやれる男だと思ってたから」

「……っ」

「体の関係を持ったとしても、きちんと自制できる男だと思ってたよ。それなのに……誘惑に負けて避妊を適当にしちゃうなんてさ」

「ち、違う！　それは違うぞ！」

慌てて反論する。

「避妊は……ちゃんとしてたんだよ。妊娠どうこうなんて、俺達にはまだ早すぎるってわかってたし」

今の段階で妊娠したら、大変なことになるのはわかりきっていた。

綾子《あやこ》さんには仕事があるし――なにより俺が、現時点では単なる大学生。

年齢こそ結婚できる年齢ではあるが、パートナーを養えるような経済力なんて欠片《かけら》も持ち合わせていない。今相手の女性を妊娠させてしまうなんて、無責任以外のなにものでもないだろう。

わかっている。

十分過ぎるぐらい、わかっていたのだ。

「でも……その、なんていうか……アレを、使い切っちゃって」

「…………」

白い目で見られた。

ゴミを見るような目であった。

「いや、違う！　まだ話は終わりじゃない！　事情があったんだよ！　どうにもならない事情が！」

「事情……？」

「アレがないことに気づいたのが……結構盛り上がってからのことで……。も、もちろん俺はやめようとしたよ？　欲望を抑えて、必死に自制心働かせて踏みとどまったよ？　でも、でも……綾子《あやこ》さんが――『今日はたぶん大丈夫だから』って言うから……つい」

うわああ、ダメだ！

どんだけ言い訳してもなんの言い訳にもなってない！

必死に事情を説明すればするだけ……俺のクズさが際立《きわだ》ってしまう！

なんだかんだ言って結局、女性の言う安全日を真に受けて肉欲を我慢できなかっただけ。性欲に負けて避妊をしなかっただけの話。

情けない。

弁解のしようもない。

「なーんか、がっかりだよなあ」

呆《あき》れ果《は》てたように聡也《さとや》は言う。

「巧《たくみ》の男としての魅力はさ……まあいろいろあるだろうけど、一番は誠実さだと僕は思ってたわけだよ」

「……っ」

「綾子《あやこ》さんに長年片思いしてて、どこまでも一途《いちず》で、愚直なぐらい誠実で……。そういうところが愚かしくも格好いいなって思ってたのに……まさかまさか、一番肝心なところで不誠実なことしちゃうなんてさ」

「……うう」

ぐうの音も出ないとは、まさにこのことだろう。

うっかり相手を妊娠させてしまう。

今までの誠実さが全部チャラになるレベルの不誠実な行いだ。

「向こうの両親はなんて言ってるの？　もう報告はした？」

「……一応な。向こうの親にも俺の親にもちゃんと報告した」

隠しておけることではないだろう。

事情が事情だから、東京に帰ってきてすぐ両家を交えて話し合った。

「どうだった？　向こうのお父さんから殴られたりした？　貴様みたいな男に娘はやらん、とか言われた？」

「……いや、なんか全然そういう空気じゃなくて……お互いの親同士が平身低頭謝り合うみたいな感じで……」

思い出したくもない。

気まずさの極致みたいな空気だった。

向こうの親も俺の親も必死に頭を下げて、そして俺達も頭を下げて、全員が全員に延々と謝罪を繰り返すような、とても悲しい時間だった。

「綾子《あやこ》さん、彼氏がいることはそれとなく伝えてたらしいんだけど……相手が大学生ってことは隠してたみたいで……」

「あー……そっか。その辺難しいよね」

考え込む聡也《さとや》。

「巧《たくみ》の家からすれば『大学生の息子が計画性のないことしてごめんなさい』だろうけど……綾《あや》子《こ》さんの家からすれば、まず『三十超えた娘が、おたくの息子に手を出してしまってごめんなさい』って感じか……」

そんな感じである。

以前からいろいろと話をしてきたうちの両親とは違って、向こうの両親の驚きは相当のものだったと思う。

娘の彼氏の交際相手が大学生。

しかも……すでに妊娠しちゃってるなんて。

ああ、情けない。

申し訳ない。

本当はもっとちゃんとした形で、向こうの両親には挨拶したかった。

「でもさ、激怒の修羅場ムードじゃなくてそういうムードだったってことは……巧《たくみ》とのことは認めてもらえたってことなの？」

「……まあ、一応。向こうの両親も『できちゃったものはしょうがない』って感じで、最終的には両家仲良く一緒に頑張っていこう、っていう平和な空気で終わった」

向こうのご両親の態度から察するに……綾子《あやこ》さんの年齢的な部分も、やはり大きかったようだ。

たとえば綾子《あやこ》さんが俺と同じ大学生で、それで妊娠したなんてことになったら、向こうの怒りはどれほどのものだったか想像もつかない。

でも綾子《あやこ》さんは、もう立派に自立した大人の女性。

妊娠を経験してもなんらおかしくはない年齢である。

妊娠の事実を知った彼女の両親は、かなり衝撃を受けているように見えたが、同時にどこか嬉《うれ》しそうにも見えた。

まあ、俺の希望的観測かもしれないけれど。

「顔合わせの後、父親同士は普通に飲みに行ったからな。遅くまで楽しく飲んできたっぽい」

「ふーん、なるほどね。まあお互いの両親が認めてるなら、僕がゴチャゴチャ言うことでもないのかな」

やれやれといった感じで苦笑する。

「友人として言いたいことを言いたい放題言わせてもらったけど……そういえばうっかり、大事なことを言うの忘れてたね」

ほんの少しだけ姿勢を正し、改まった態度で聡也《さとや》は言う。

「おめでとう、って言っていいことなんだよね？」

「……ああ」

静かに、けれど確かに頷《うなず》いた。

おめでとう。

友人のそんな祝福の言葉は、素直に受け取りたいと思うし——素直に受け取っていい状況をこれから作っていきたいと思う。

望まぬタイミングではあった。

でも——全く望んでいないことではない。

交際する以上、いつかは結婚し子供が欲しいと思っていた。

自業自得《じごうじとく》で不意打ちのタイミングになってしまっただけで、本来ならば大変めでたく、万人から祝福されていい事柄なのだから。

「はぁーあ。なんだかなあ」

曖昧に笑いながら言う。

「巧《たくみ》の恋愛面に関しちゃ、これまで先輩ぶっていろいろアドバイスしてきたけど……急に追い抜かれた気分だよ。しかも、ぶっちぎりで。さすがの僕も、パートナーの妊娠とかは経験してないからさ」

「……ははは」

笑うしかない皮肉だった。

「でも——大変なのはこれからだよね」

真面目な顔になって続ける。

「綾子《あやこ》さんも初めての妊娠ってなったらいろいろ大変だろうけど……巧《たくみ》にしたって、ちょうどこれから就職活動が本格化していく時期でしょ？」

「…………」

なにも言えなかった。

まさしく――その通り。

元々この三ヶ月の東京インターンが終わったら、その経験を活《い》かしながら本格的に就職活動を始めるつもりだった。

現段階では希望の職種すら漠然としか定まっていない。

この冬からじっくりと時間をかけて自己分析やOB訪問などを行い、真剣に就職活動と向き合うつもりだった。

自分のためにも、そして綾子《あやこ》さんのためにも、ちゃんとした就職先を見つけて立派な社会人になりたかった。

そんな矢先に――今回の妊娠。

我ながら……本当に計画性のないことをしてしまったと思う。

「まあ」

俺がなにも言えずに俯《うつむ》いていると、聡也《さとや》が明るい口調で切り出す。

「なにかあったら言ってよ。僕にできることなら、力になりたいから」

「……ああ。ありがとうな」

「と言っても……あんまり頼りにはしないでね。妊娠も就活も、僕はどっちもド素人《しろうと》だからさ。

応援要員ぐらいに思ってて」

「それでも十分だよ。十分ありがたい」

応援要員でも――嬉《うれ》しすぎるぐらいだ。

なによりも気持ちが――味方でいてくれることが嬉《うれ》しい。

茶化しつつ、厳しいことも言いつつ、それでも最後には温かい言葉をくれる聡也《さとや》はやはり頼りになる友人だと改めて実感した。

♥

『ふむ。そうかそうか。両家の顔合わせは平和に終わったのか』

いつも通りの、狼森《おいのもり》さんとの電話。

仕事について話が一段落すると、話題は自然と私のことになっていった。

『揉《も》めずに終わったのなら、なによりだよ』

「ほんとですよ」

『まあ修羅場になるパターンもそれはそれで面白そうだったから、拍子抜けではあるけどね。親の反対なんて、ラブコメにおける王道パターンの一つだろう。そこを乗り越えることで、きみたち二人の絆《きずな》はグッと深くなったはずだ』

「いや、いいです。そういうのいらないです。平和が一番です。不必要に波風立てずに穏やかにいきたいんです」

『そういうスタンスの人間は、こんな変なタイミングで妊娠しないと思うがね』

「……それを言わないでください」

『わはは。冗談だよ』

落ち込む私を軽く笑い飛ばす狼森《おいのもり》さん。

『タイミングなんて些細《ささい》なことさ。めでたいことには違いないんだ。大いに喜ぼうじゃないか』

「……はい」

頷《うなず》く私。

狼森《おいのもり》さんには――すでに妊娠のことは報告している。

実を言うと……家族より美羽《みう》よりも先に報告してしまった。

職場への報告は安定期に入ってから、というスタンスの方も多いと聞くけれど、私の場合は事情が事情だった。

計画的じゃない妊娠のため仕事に影響が出る可能性が高かったし……それに、東京にいる間に一度産婦人科には行っておきたかった。

そういった諸々《もろもろ》の相談を含めて、狼森《おいのもり》さんには早めに報告することとなった。

『お互いの親への挨拶も済んだとなれば、次は入籍とかの話になるのかな？』

「……いやー、もう全体的にそれどころじゃなくて。少し落ち着いてからにしようという話になってます……。これからタッくんの就活とかもありますし」

『ふむ。それもそうか。まあ焦《あせ》る必要はないだろう』

狼森《おいのもり》さんは言う。

『幸いなことに、アニメ関連の仕事もちょうど一段落したところだったからね。しばらくは自分の体と生活を第一に考えたまえ』

「……はい。ご迷惑おかけします」

『気にすることはない』

鷹揚《おうよう》にそう言った後、

『……ふふっ』

と笑った。

「どうしたんですか？」

『いや……ふと思い出してしまってね』

狼森《おいのもり》さんは楽しげに言う。

『そう言えば十年前も、こんなことがあったっけなあ、と思ってさ』

「十年前……」

『我が社の新入社員の一人が、なんの前触れもなく「すみません、子供ができました」と報告してくるという珍事件があってね』

「……っ」

なんとも言えない気分になる。

言うまでもなく——私のことだ。

十年前。

私は新入社員として『ライトシップ』に入社し……その後、数ヶ月で美羽《みう》を引き取る決断をした。

新入社員が、いきなりシングルマザー。

そして地元に戻ってリモートワーク。

……なかなかに前代未聞《ぜんだいみもん》なことだと思う。

普通の会社ならば間違いなくクビを切られていた。切られずとも、全力で閑職に回されて自主的に辞めるように扱われたと思う。

「……そ、その節も、大変なご迷惑を……」

頭を下げるしかない。

改めて考えてみれば、これ、二度目の『子供ができました』宣言なのよね。

二回とも未婚のまま、突拍子もないタイミングで。

我ながら……ちょっと社会人として問題がありすぎだと思う。

『ふふ。いいさ。今となっては笑い話だよ』

本当に楽しげに続ける。

『当時はまだリモートワーク自体が普及していなかったし、確かにいろいろと不都合は多かった。だが歌枕《かつらぎ》くんは——この十年で大いに成長し、我が社に多大な利益をもたらしてくれた。今は断言できるよ。きみを雇い続けたことは間違いじゃなかった、と』

「狼森《おいのもり》さん……」

『単なる利益や業績だけの話じゃない。我が社に属するきみが、家庭と仕事をきちんと両立してくれた。順調にキャリアを積みながら立派に娘を育ててきた。私はその事実を社長として、そして一人の女として、とても誇らしく思っている』

そこで告げた後に少し声のトーンを落として、

『残念ながら私は……上手《うま》く両立できなかったからね』

と続けた。

ああ、そうか。

ずっと不思議に思っていた。

十年前、どうして狼森《おいのもり》さんが私をクビにしなかったのか。とんでもないことを言い出した新入社員を雇い続け、育ててくれたのか。

最近になってわかったことだけれど……狼森《おいのもり》さんにも子供がいたらしい。

様々な事情から、二歳になる前には別々に暮らし始めたそうだ。

子供を産んでも仕事を続けようとした狼森《おいのもり》さんを義理の両親が快く思わず、そして旦那さんも向こうの味方。

結果、二人は離婚。

子供は夫の方に引き取られることとなった。

狼森《おいのもり》さんは——母親として子供を育てることはできなかった。

そんな彼女だからこそ、思うところもあったのかもしれない。

私の無謀な決断と決意を尊重し、応援してくれたのかもしれない——

『おっと、少し感傷的になってしまったね』

「本当……感謝しています。狼森《おいのもり》さんがいなかったら、私、どうなってたことか」

『よしてくれ。私が勝手に投影して、自分ができなかったことを実現してもらいたくなっただけだよ』

自嘲気味に、そして露悪的に言う。

『言ってしまえば私自身の自己満足……ある種の贖罪《しよくざい》……いや、意地みたいなものかな。私の目の届く範囲では——子を授かって不幸になる女は出したくなかっただけだ』

静かなる決意を秘めた声で、狼森《おいのもり》さんは続ける。

『まあ、私の分までどうたらこうたらとか、そんな恩着せがましいことを言うつもりはないさ。歌枕《かつらぎ》くんは歌枕《かつらぎ》くんの人生を歩んだらいい。我が社はきみの初めての出産、そして二回目の子育てを、会社として精一杯サポートさせていただこう』

「よろしくお願いします」

もう一度深く頭を下げる。

これからもこの人の元で働きたいと、改めてそう思った。


夕飯の買い物をして帰ってくると、車から降りたところでばったりタッくんと出くわした。

今日は聡也《さとや》くんに私の妊娠を報告してくると聞いている。

ちょうどその帰りのタイミングだったらしい。

私が買い物帰りだと知ると、タッくんは、

「俺が運びますから」

と言って、食材の入ったビニール袋を車から家の中まで運んでくれた。

「ありがとね、タッくん」

「いえいえ。綾子《あやこ》さん、無理しないでくださいね。買い物ぐらい、俺がいくらでも行ってきますから」

「大丈夫だってば、車で買い物ぐらい」

まったくもう。

美羽《みう》もタッくんも、最近本当に過保護になってるなあ。

せっかく会えたので、お茶を飲みながら話をする。

私に合わせて、二人ともタンポポコーヒーで。

「これ、最初はクセがあるなって思いましたけど……慣れると飲めますね」

「私も段々と慣れて美味《おい》しく感じるようになってきた。まあ……普通のコーヒーが恋しくもあるけど」

そんな談笑をしつつ、

「……それでタッくん」

と私は切り出す。

「聡也《さとや》くん……ど、どんな反応だった？」

正直、気になる。

結構、気になる。

一般的な大学生は——タッくんの友人は今回の件についてどう思うのか。

もしも友情に亀裂が入ってしまったなら、どうやって責任を取れば——

「いや、そんな身構えなくても……。特になにもないですよ。普通に応援してくれました。これから大変だろうけど頑張ってって」

「そ、そうなんだ……」

「まあ、厳しいことも言われましたけどね。がっかりしたとか、一番肝心なところで不誠実なことしてるとか」

「そんな……」

苦笑して話すけど、私としては胸を痛めずにはいられなかった。

「タッくんはなにも悪くないのに……。だってちゃんと……アレがなくなったときは、やめようとしてくれたでしょ？　それなのに私が……『今日はたぶん大丈夫だから』とか言ったから……」

ぶっちゃけて言えば——結構適当な発言であった。

毎日真面目に基礎体温を測ったりしていたわけじゃない。

だから自分の体が今どういう状態なのか、どのぐらい妊娠しやすい状態なのか……そこまで詳しくわかってはいなかった。

前回の生理の日から逆算して『なんとなく大丈夫そう』と思っただけ。

うう……。

我ながら適当なこと言っちゃったなあ。

そもそも専門家が言うには『安全日などない』という話だし。

妊娠を望まないのであれば、どんなに大丈夫そうな日であっても避妊具なしでの性交は絶対に避けるべきなのだろう。

……いやあ、でもなあ。

あの状況じゃなあ。

あんなに盛り上がったのに土壇場《どたんば》で『今日はやめましょう』ってなったら、こっちとしてもすっごく複雑でモヤモヤしてしまうというか……。

「……でも、やっぱり俺の責任は大きいですよ。綾子《あやこ》さんがそういうこと言っても、男の俺がきちんと自制すればよかった話ですから」

「ううん、タッくんは悪くないわよ。我慢しようとしてくれたのに、私が無理にお願いしちゃった感じだから……」

「…………」

「…………」

お互いに謝り合った後、少し沈黙が訪れる。

気まずいような……話が生々しくて照れてしまうような。

「……え、えっと。もう、どっちの責任とか言うのやめましょうか」

やがてタッくんが切り出す。

「迂闊《うかつ》なことをしましたし、今後はこういう計画性のないことはしないように気をつけたいですけど——でも、幸せなことですから」
「……うん。そうね」
静かに、でも深く頷《うなず》いた。
心のうちに温かいものが広がっていく。
幸せなこと。
妊娠をそう言ってもらえたことが、本当に嬉《うれ》しいし心強い。
思い出す。
今回の妊娠がわかった日のことを。

三ヶ月の東京出張も終わりに近づいてきた頃——
最初は——生理が少し遅れているだけかと思った。
でも日が経《た》つにつれて段々と疑念が湧いてくる。
だって……思い当たる節があるから。
ありまくるから。
あの日だ！
とピンポイントでわかるぐらいの心当たり。

一人で抱え込んでいいことではないと思ったからすぐにタッくんに相談し、検査をすることにした。

ドラッグストアで購入した妊娠検査薬を購入し、トイレで使用してみると——

くっきりと、二本の線が浮かび上がった。

陽性反応。

念のためにもう一つで検査してみても、結果は変わらない。

妊娠してる。

市販の検査薬は絶対ではないとは言え——高確率で、妊娠している。

私のお腹《なか》の中に、タッくんとの子供が宿っている。

「……っ」

その瞬間の感情は、筆舌に尽くしがたいものだった。

嬉《うれ》しいという気持ちが全くなかったわけじゃないけど——それ以上に、漠然とした不安が胸を埋め尽くしていき、目の前が真っ暗になっていった。

どうしよう。

どうしたらいいんだろう、これから。

母親になるの？

私が？

これから？

ていうか——すでに？

……いや、ある意味私はもう『すでに』母親ではあるんだけど、でも今回のこれは、美羽《みう》の母親であることとは訳が違う。

生まれて初めての——妊娠。

順調にいけば、お腹《なか》を痛めて我が子を産むことになる。

どうしようどうしよう。

ええと、まずどうすればいいんだっけ？

とりあえず産婦人科に行って母子手帳もらうんだっけ……？　ていうか仕事はどうなるの？

今妊娠したら産休や育休はどのタイミングで入れれば……狼森《おいのもり》さんに相談しないと——

なにより。

タッくん。

彼は——どう思うだろう。

こんなタイミングでの妊娠なんて、絶対に望んではいなかったはず。

だって彼は——まだ大学生。

これから就職活動だって始まるだろうし——なんだったら、もっと友達と遊んで青春したっていい年頃。

なんと言ったって彼は、まだ二十歳《はたち》の大学生なのだから。

父親という重責を負わせるには、まだまだ若すぎる。

お腹《なか》の子や私が、間違いなく彼の人生の重荷になってしまう。

だったら、この子は私が一人で——

あるいは。

堕《お》ろす、という選択肢も検討しなければならないかもしれない——

「…………」

考えれば考えるほど、思考が暗く沈んでいく。

不安に押し潰されそうになりながらも、どうにか足を引きずってトイレから出て行くと、

「綾子《あやこ》さん……」

リビングで待っていた彼が、心配そうに駆け寄ってきた。

「ど、どうでしたか？」

問いかけに、すぐには答えられない。

でも——隠しておけることじゃない。

逃げ出したくなる気持ちをグッと堪えて、

「……陽性、だった」

と私は言った。

声はどうしても震えてしまった。

「できちゃった、みたい……」

「………」

「えと……でもまだ確定ってわけじゃなくて……。こういう検査薬って完璧じゃないらしいから、ちゃんと産婦人科で検査したらまた違う結果になるかもしれないし……」

必死に言い訳めいた言葉を重ねてしまう。

嫌がられたらどうしよう。

嫌われたらどうしよう。

困らせてしまったらどうしよう。

面倒臭そうにされたらどうしよう。

様々なネガティブな思考が頭を過ぎる。

相手の顔を見るのが怖くて、目を瞑《つぶ》ってしまう。


「やった」


と。

タッくんは言った。

自然と零《こぼ》れたような、小さな声で。

私は思わず目を開ける。

目に映る彼は——なんだか、とても幸福そうな顔をしていた。

「え」

「……あっ。す、すみません、無責任ですよね……。これから綾子《あやこ》さんが一番大変だっていうのに……。そもそも俺が避妊ちゃんとしなかったせいでできちゃったんだから……」

慌てた様子でまくし立てた後に、

「でも」

と続ける。

本当に本当に、幸福そうな顔で。

「やっぱり……嬉《うれ》しいです。夢みたいだ。綾子《あやこ》さんとの子供ができたなんて」

「…………」

「夢みたいっていうか……まあ、夢そのものですよね。綾子《あやこ》さんと結婚して家庭を築いていくのが、俺の十年前からの夢だったから」

「…………」

「まあ……順番がかなり前後しちゃったから、そこは反省すべきなんですけど……ていうか、これからどうしましょうね？　お互いの親にも報告しなきゃで……ああ、いやっ。まずは病院行きましょう、病院！　俺も絶対付き添いますから！」

「…………」

今更のように不安や心配を語り出すタッくん。

私の方はというと、なんだか呆気《あっけ》に取《と》られた気分だった。

胸を覆い尽くしていた暗いくらい不安が、綺麗《きれい》さっぱり消えていることに気づく。

ああ——

なんだろうなあ。

私はまだまだ、タッくんのことわかってなかったなあ。

堕《お》ろすことも検討しなきゃ——とか考えていた自分が本当に恥ずかしい。

もちろん、不安がないわけじゃないと思う。

恐怖みたいな感情がないわけでもないと思う。

でもそんな様々なネガティブな感情を差し置いて——なによりも先に、タッくんは喜んでくれた。

私の妊娠を、私達の子供を、喜んでくれた。

その事実が——どうしようもなく嬉《うれ》しかった。

望まぬタイミングではあったけれど——望まぬ妊娠だったわけじゃない。

彼のおかげで、心の底からそう思えた。

タッくんとの談笑は、気づけば私の愚痴がメインになっていた。

「それでね、美羽《みう》ったら最近本当にうるさいのよ。まるで小姑《こじゅうとめ》みたい」

「それだけ心配してるんですよ」

「『のほほんとしすぎ』とか言われちゃったし」

「まあ、確かにちょっとのほほんとしてるかもしれないですね、綾子《あやこ》さん」

「えーっ、タッくんまでそういうこと言うの？」

「あはは」

「もう……誰のせいだと思ってるのよ？」

「え？」

「……ううん、なんでもない」

そう言ってタンポポコーヒーを一口飲む。

のほほんとしてる。

確かに——返す言葉がないかもしれない。

自分でも驚くほど心が落ち着いている。

予期せぬタイミングでの妊娠で、しかも三十を超えての初産《ういざん》。

不安なことなんて山ほどあるはずなのに――どういうわけか、幸福感やワクワク感の方が大きくなってしまっている。

この妊娠を――幸福なことだと思えている。

きっとこれが運命だったのだと、そんな風に思えてしまっている。

こんなにも楽観的で心穏やかにいられる理由は――あまりにも明白。

タッくんのせいで――タッくんのおかげ。

「……そういえば、子供の名前とか考えなきゃよね」

「そうですね。綾子《あやこ》さん、画数とか気にしますか？」

「どうなんだろ……。気にした方がいいのかしら？」

「気にしてもいいと思いますけど……気にしないって一度決めたら絶対に画数は見ない方がいらしいですね。少しでも見ちゃうと心に引っかかりみたいなのが生まれてしまうそうです」

「ああ……そうよねー」

「たまに、生まれた後に顔見てから決めるって人もいるらしいですけど」

「えー、それは難しそう。生まれてからなんてじっくり考えてる余裕なさそうだし」

傍《はた》から見れば、きっとたわいもない話。

でも私達にとっては大切な、未来に向けた話。

これからまだまだ大変なことはあるだろうけど、パートナーがタッくんなら、どんな困難でも一緒に乗り越えていける気がした。

……………。

とか。

まあ。

いい感じでポジティブに締めたわけだけれど——私達はすぐに思い知ることになる。

妊娠や出産が……ただ幸福なだけでは終わらないということを。

そして。

大学生が父親になるという現実を。

第二章
悪阻と決断

♥

十二月中旬——

東北の街にはちらほらと初雪が降った。

夜の間だけ少し降っただけらしく、家の外には薄らと一センチにも満たない雪が積もっていた。

空は快晴だから、あと数時間で全部溶けてしまうだろう。

薄い雪を踏みしめながら隣の家——左沢《あてらざわ》家に回覧板を持っていくと、タッくんのママ——朋美《ともみ》さんが出迎えてくれた。

「あら、綾子《あやこ》さん」

「おはようございます」

「大丈夫なの？　こんな日に外歩いて」

「大丈夫ですよ、ほんのちょっとしか降ってないですし」

「気をつけてね。転んだりしたら本当に大変だから。回覧板なんて、電話してくれたら私が取りに行ったのに」

「いやいや、さすがにそこまでは」

苦笑して首を横に振ると、

「はあ。でもなんだか、未《いま》だに信じられないわねえ」

朋美《ともみ》さんはしみじみと語った。

「来年には……私に孫ができるなんて」

「………」

「巧《たくみ》がずーっとあなたを好きだったことは知ってたし、あなた達が付き合うようになったこと自体はあんまり驚かなかったけど……でもまさか、こんな一瞬で子供ができちゃうなんて」

「……ほ、ほ、本当に本当に申し訳ありません」

深々と頭を下げる。

このまま土下座に移行しようとしたところで、朋美《ともみ》さんが慌てて制止した。

「あ、あっ、ち、違うのよ！　責めたわけじゃなくてね……。まだちょっと心が追いついてないだけの話だから……」

「いえ、でも……」

「もう謝らなくていいわよ。この前の両家の顔合わせで……みんな十分謝りあったから」

朋美《ともみ》さんは優しい声で言う。

「私もお父さんも、もう家族みたいなものなんだから。なにかあったら遠慮なく頼ってね。なんたって初孫《ういまご》だからね。生まれてきたら目一杯かわいがっちゃうから」

「……は、はい」

ありがたすぎて涙が出そう……！

こんな聖人みたいな人が姑《しゅうとめ》だなんて、私は本当に恵まれてるなあ。

「体調の方はどうなの？　悪阻《つわり》とか……」

「それが全然元気なんですよね。本当に調子がよくて」

「あらそう」

「悪阻《つわり》って全然ない人もいるって言いますし、もしかしたら私はそのタイプだったのかもしれないですねー」

「まあ、それはよかったわね」

「いやー、ラッキーですよ、ラッキー」

あはは、うふふ、と笑い合う。

朋美《ともみ》さんとほのぼのとしたやり取りをした——その三日後だった。

私が、地獄を見ることになったのは——

「……うえええええええ」

吐く。

トイレに蹲《うずくま》って、胃の中のものを全部吐き出す。

「……うえっ、ううえっ……ううえ……うっ、ううっ……」

全部吐いてもまだ吐き気があり、なにも出てこないのにえずいてしまう。

「……はあ、はあ」

やっとの思いでトイレから出た後、ゾンビみたいな足取りでリビングに戻り、そしてソファに倒れ込んだ。

「あー……」

気持ち悪い。

とにかく気持ち悪い。

吐き気があるし、胃がムカムカするし、あと異常に眠い。

原因はわかっている。

これが俗に言う――悪阻《つわり》というものなのだろう。

悪阻《つわり》。

妊娠五、六週目辺りから起こる、吐き気、嘔吐《おうと》、食欲不振、睡魔などの体の異常。

個人差がとにかく大きくて、症状も時期も人それぞれ。

現代医学ですらそのメカニズムはまだはっきりしていないそうな。

知識としては知っていたけど……まさか、こんなしんどいものだったとは。

ほんの三日前まで『私って悪阻《つわり》ないタイプかもー。ラッキー』なんて思っていたら……急に来た。

びっくりするぐらい急に来た。

「……あー、うー」

ソファに寝転んだままゾンビのように手を動かし、藁《わら》にも縋《すが》るような思いで、自分の母親に電話をかけた。

『もしもし』

「あ……お母さん……」

『ちょっと綾子《あやこ》、大丈夫なの？』

「……無理。キツい。なにこれ、どうしたらいいの？　死ぬほど気持ち悪いんだけど……」

『悪阻《つわり》だからしょうがないわね』

「なんか……お腹《なか》がすきすぎて気持ち悪い……胃がすごく変な感じ……」

『典型的な食べづわりね』

「食べづわり……ってどっちだっけ？　食べると悪化するんだっけ、食べてないと悪化するんだっけ」

『食べてないと悪化するのよ』

「ええー……それじゃどっちかって言ったら『食べづわり』じゃなくて、『食べないづわり』じゃない？　変な名前……」

『知らないわよ、そんなの』

気持ち悪さの余り、どうでもいいことにツッコんでしまう私だった。

『とにかく、常になにか食べるようにしなさい。空腹にならないようにすれば、少しは紛れると思うから』

「で、でも……食べると吐きそうになるし」

『なにかいい感じの、さっぱりしたものを食べるのよ』

「それに……産婦人科の先生からは、あんまり食べ過ぎないでって言われたよ？　体重が増え過ぎるとよくないからって」

『それは当然よ』

「えー……」

なにそれ？

矛盾してない？

食べないと気持ち悪い。

食べたら食べたで吐き気。

食べづわり解消したいなら常になにか食べて空腹にならないようにした方がいいけど、太りすぎるのは禁止。

……いや、無理ゲーすぎない!?

どんだけ繊細なバランスを求められてるの!?

「あー、舐《な》めてた……悪阻《つわり》、完全に舐《な》めてた……。ごめんなさい、私悪阻《つわり》なくてラッキーとか思っててごめんなさい……」

『誰になにを謝ってるのよ』

呆《あき》れたように言うお母さん。

「妊婦さんってすごいね……。みんなこんな地獄を乗り越えてくんだ……」

『悪阻《つわり》は本当に個人差あるからね。ない人は全くないっていうし、妊娠後期まで長引く人もいるし』

妊娠後期まで?

嘘《うそ》でしょ。

これがあと半年も続いたら本当に死にそうなんだけど……。

『症状も本当に人それぞれだからねえ。食べ物の好みがガラッと変わる人もいれば、特定の匂いが急に苦手になる人もいる……あとは寝ても寝ても眠かったり』

「あー……私、それかも」

眠い。

昨日辺りからとにかく眠い。

ちゃんと夜寝てるはずなのに、眠気が全然取れない。

ダルくて、頭がボーッとして……ね、眠い。

『早く終わることを祈って、どうにか誤魔化してやり過ごすしかないわよ』

「……そうするしかないわね」

病気ではないし、薬も飲めないし。

となれば……ひたすら対症療法で耐えるしかない。

『本当にしんどかったら言いなさいね。すぐ手伝いに行くから』

「……うん、わかった。そのときはお願い……」

電話が終わる。

バタンと、寝転んだままスマホを持った手を下ろす。

本当は今すぐにでも来て欲しい気分だけど、東京出張のときに何ヶ月もいてもらったばかりだから、さすがに申し訳ない。

朋美《ともみ》さんも頼めば助けてくれると思うけれど……でもなあ。

二人には子供が生まれてからの方が、めちゃめちゃお世話になりそうな気がするから、今のうちから頼りすぎるのも考えものよね……。

幸い、そこまで酷《ひど》い悪阻《つわり》というわけじゃない。

しんどいはしんどいけど……ネットで調べてみると、もっとしんどい症状が出てる人はたくさんいるみたい。

吐き気と眠気だけで、一日中休んでるわけにはいかない。

……と思うんだけど……あー、やっぱりキツいなあ。

昨日から家事全然できてない。

美羽《みう》は期末テスト直前だから、家事より勉強に集中するように言ってるし、どうにか私がやらないと……でも、眠い。本当に眠い。

ソファから動けずにいると——手の中のスマホが震えた。

タッくんからのメッセージである。

『今から行っても大丈夫ですか？』

私はやっとの思いで返信する。

『どうぞ

鍵開いてるから勝手に入ってきて』

素っ気ない返信だけど、これが精一杯。

数分後。

ガチャリとドアの開く音。

彼女としてあり得ない対応だと思うし、もしかしたら泥棒の可能性だってある。でも今の私に起き上がる元気はなかった。

ソファに寝転んだままでいると——

「あ、綾子《あやこ》さん……!?」

タッくんがリビングに入ってきた。

死んだように横たわる私を見ると、慌てて駆け寄ってくる。

「大丈夫ですか……？」

「……うん、なんとか」

「そうは見えないんですけど……」

「だ、大丈夫大丈夫……ただの悪阻《つわり》だから。タックんこそ、どうしたの？　スーツなんか着ちゃって」

今日のタッくんはスーツ姿だった。

東京でのインターンで、初日だけ着ていったあのスーツ。

万が一にも失礼がないように——『平服でお越しください』トラップに引っかからないよう

に着ていった結果……社風的に全然そんなノリではなかったようで、初日以降はずっと私服で通っていた。

「今日、これから就活セミナーがあって」

「ああ……そういえば、言ってたね」

「美羽《みう》から、綾子《あやこ》さんが悪阻酷《つわりひど》そうって聞いて……。だから大学行く前に様子見てから行こうと思って寄ったんですけど……まさか、こんなに酷《ひど》かったなんて」

本当に心配そうな顔で、タッくんは訴える。

「どうして教えてくれなかったんですか？」

「だって……心配かけたくなかったし。タッくんが就職活動始めて忙しくなってるのも、わかってたから」

「だからって……」

「悪阻《つわり》はどうしようもないことだから。タッくんに来てもらったところで、症状がよくなるわけでもないし」

「……っ」

辛《つら》そうな顔をするタッくん。

ああ、酷《ひど》いこと言っちゃった。

でも——言うしかない。

だって、このぐらい言わないと、タッくんは付きっきりで看病したりしそうだから。いつまで続くかもわからない悪阻《つわり》。そんなものに付き合わせてしまったら、タッくんの就職活動はメチャクチャになってしまう。

「私なら大丈夫よ……。ちょっと吐き気がして、気持ち悪くて、ダルくて、異常に眠いだけだから……」

「全然大丈夫じゃなさそうなんですけど……」

「だ、大丈夫。美羽《みう》だっているし」

「……その割には、家の様子が」

タッくんが険しい顔でリビングやキッチンを見渡す。

畳んでない洋服。

あちこちに溜《た》まった埃《ほこり》。

朝食の後片付けができてないテーブル。

洗い物の溜《た》まったシンク。

出し忘れたゴミ袋。

目を背けたくなるような、惨憺《さんたん》たる有様《ありさま》の我が家——

「それは……美羽《みう》が今テスト期間中で、私が勉強するように言ってるからで」

「…………」

「と、とにかく大丈夫よ。私が全部、なんとかするから」

「綾子《あやこ》さん……」

「私より悪阻《つわり》が酷《ひど》い人なんていくらでもいるんだから、このぐらいで文句言ってられないわよ……」

強気なことを言って体を起こそうとするも、体に力が入らない。

強烈な気怠《けだる》さと眠気が来た。

意識が一気に持って行かれそうになる。

「……ああ、ごめん、やっぱり……今は無理かも。三十分ぐらい寝かせて……起きたら、ちゃんとやるから……」

「ね、寝てください。寝た方が絶対いいですから」

「ごめんね……タッくんは、セミナー頑張って……。あと……玄関、締めてってくれると嬉《うれ》しい。合鍵、持ってるよね……？」

段々と瞼《まぶた》が落ちていく。

心配そうにこっちを見てるタッくんが、見えなくなっていく。

「……じゃあ、また、ね……」

どれだけ頑張っても意識を保つことができず、私は眠りに落ちてしまった。

「……ん」

目を開き、ゆっくりと体を起こす。

体にはタオルケットがかかっていた。

きっとタッくんが、セミナーに行く前にかけてくれたんだと思う。

両手を上げ、んーっ、と伸びをする。

うん。頭はだいぶすっきりしてる。まだ完全に本調子というわけじゃないけれど、眠る前よりは全然マシになってる。

手元にあったスマホで時間を確認。

うわ……五時間も経《た》ってる。

お昼寝にしてはちょっと長すぎる。

おかげで楽にはなったけれど、なんだか罪悪感というか……もったいない、みたいな感情が強い。

ああ……またなにもできず一日が終わっちゃいそう。

今日も家事は全然できなかった。

そろそろ美羽《みう》が帰ってくるから晩ご飯の準備もしなきゃだけど……この調子じゃ今日も冷凍食品祭りになってしまいそう。せめてご飯ぐらいは炊いて——

寝起き頭であれこれ考えてたところで、ふと気づく。

「……あれ？」

部屋が——片付いている。

脱ぎ散らかしていた服も、出し忘れていたゴミ袋もない。

朝ご飯の後、そのままだったテーブルも綺麗《きれい》に片付いていた。

そして、その奥。

キッチンの方では、見知った影が作業をしていた。

「タ、タッくん……⁉」

思わず声を上げると、彼はこちらを振り返る。

手には箸とフライパンが握られていた。

「綾子《あやこ》さん、起きたんですね」

ちょっと待ってください。

と言ってから、フライパンでの作業に戻る。

火を止め、調理していたものを皿に移した後、私の方へと歩いてきた。

エプロンをつけていて、その中は寝る前に見たスーツ姿のまま。

「体の方はどうですか？」

「だいぶよくなった、けど……タッくん、なにしてるの？」

「今ちょうど、晩ご飯作ってたところです。キッチン、使ってすみません」

ちらり、と背後を向く。

「他にも……作り置きで冷凍しておけるものとかも作ってみて。おかずがチンだけで済めば、体調悪いときでも少し楽ができるかなと……。調べながらやったんで、あんまり手際《てぎわ》よくはできなかったですけど」

「………」

「あと、部屋も勝手に片付けちゃいました。掃除機はうるさそうだったんでかけてないんですけど……できるところだけ、それなりに見栄《みば》えよくした感じで……」

まるで言い訳するみたいに、タッくんは早口に言う。

勝手に掃除や料理をしていたことは——正直、どうでもいい。

プライバシーを侵害された、なんて全く思わない。

タッくんがその手の家事スキルが標準以上なことは知っている。

同棲《どうせい》中にもそのスキルにはずいぶんとお世話になった。

私の家の調理器具や掃除道具を把握してることも驚かない。

十年前から何度も出入りしているのだから、勝手知ったる他人の家、というやつだろう。

大事なのはそこじゃない。

私が驚いているのは——そこじゃない。

「タッくん、まさか」

私は言う。

「ずっと、うちで家事やってたの……？」

私が眠ってから、ずっと。

「……はい」

重々しく頷《うなず》く。

ずっと。

つまり——

「就活セミナーは……？」

聞かなくてもわかる。

就活セミナーには——行ってないということだ。

格好がスーツのままであることが、なによりの証拠だろう。

「……えと、サボっちゃいました。あはは」

誤魔化すように笑う。

「どうして」

「だ、大丈夫ですよ。今日のセミナーは、本当、初回の初歩の初歩みたいなやつなんで。サボったからって大した影響もないし」

「…………」

私も就職活動を経験したから知っている。

就活が始まった頃のセミナーなんて、確か参加してもしなくてもいいようなものではあるのだろう。

参加しなくてもなんとかなる。

参加しないからって不利になることもない。

大勢《たいせい》には影響しない。

けれど。

そんなことを言い出したら、そもそも就活で参加しなきゃならないセミナーなんてほとんどないし、参加したからって抜群に有利になるものもない。

そういうことじゃない。

なんていうのか……就活はそういった日々の活動の積み重ねであると思う。

参加してもしなくてもいいセミナーに参加することで、なにかしらの気づきや、特別な出会いがあったりする。

「……ごめんなさい」

私が無言でいたからだろうか。

タッくんが耐えきれなくなったように、頭を下げた。

「行った方がいいとは思ったんです……。勝手にこんなことしても、絶対に綾子《あやこ》さんは喜ばないだろうし……」

でも、と悲痛な面持ちで続ける。

「辛《つら》そうにしてる綾子《あやこ》さんを見てたら……どうしても放っておけなくて。俺が家事やれば、少しは楽になるのかなって……」

「……………」

「だって……今お腹《なか》の中にいるのは俺の子供で……綾子《あやこ》さんは子供を産むために必死に戦ってるのに……そんな綾子《あやこ》さんを放っておいて、俺だけのんびり自分のことをするなんて……」

「タッくん……」

胸が苦しくなる。

その気持ちは、心遣いは、痛いぐらいに嬉《うれ》しい。

数秒沈黙してから、

「ありがとう」

と私は言った。

「ごめんね、迷惑かけちゃって」

「あ、綾子《あやこ》さんが謝ることじゃないですよ。俺が勝手にやったことだし……そもそも悪阻《つわり》はしようがないことですから」

「でもね」

私は言う。

拳を握りしめ、心を鬼にして。

「はっきり言うと……ありがた迷惑」

「……っ」

「私の体を気遣ってくれたことは、嬉《うれ》しいし、本当にありがたいけど……でも、それでタッくんが自分のことを蔑《ないがし》ろにしちゃうのは、なにか違うと思う」

ああ、辛《つら》い。

本当はこんなこと言いたくない。

母体を慮《おもんぱか》ってくれたタッくんを素晴らしいパパだと大絶賛したい。

嬉《うれ》しい、大好き、チューっ、とかで全部片付けて、ラブラブした時間をたっぷり過ごしたい。

でも——言わなきゃ。

そうしないと、これからも同じことを繰り返してしまいそうだから。

「私のためにタッくんが自分の人生を犠牲にしても、なにも嬉《うれ》しくない」

「……ぎ、犠牲って大げさな……。今日のは本当に、初回のどうでもいいセミナーで」

「どうかしら？　どうでもよくないセミナーや、大事な面接やテスト……そんなときでも、今のタッくんは私を優先しちゃうんじゃないの？」

今の私を。

妊婦の私を。

「そ、それは……」

言葉に詰まるタッくん。

自惚《うぬぼ》れではなく——そう思う。

正式に付き合ってまだ数ヶ月しか経《た》っていないけれど、付き合い自体は十年以上ある。

だからタッくんがどういう人間かは、わかっているつもり。

元から彼は、誰よりも私を大事にしてくれる。

自分のことより私のことが最優先。

妊娠が発覚してからは、より一層それが強くなったと思う。

「だって……しょうがないじゃないですか」

苦しそうな顔でタッくんは言う。

「今の俺にとって……綾子《あやこ》さんとお腹《なか》の子より大事なものなんてないです。自分の就職活動なんかより、ずっとずっと……。綾子《あやこ》さんが一人で耐えてるのに、俺一人が自分のことだけ考えてるなんて」

「わかってる。だから……なんていうか、バランスの話をしてるのよ」

「バランス……」

「もしも私が死にそうなぐらいピンチとかだったら、そりゃさすがに就職活動よりも優先してほしいけど……でも、今日ぐらいのことだったら、就活の方を優先してもいいと思う」

……いや、まあ、元はといえば私が悪阻《つわり》でグダってて家のこと全然できなかったことが原因なんだけど、それは棚に上げておいて。

「子供は大事だけど、この上なく大事だけど……でも就活だって大事。タッくんの人生だって、本当に大事なことなんだから」

「俺の、人生……」

「タッくん。私ね、今、すっごく幸せなの」

私は言った。

お腹《なか》に手を添えながら、言った。

「突然の妊娠だったけど……幸せな気持ちでいられる。長年の夢が叶《かな》ったみたいな気分でいられる。それもこれも——全部、タッくんのおかげなのよ」

「え……」

「タッくんが妊娠を心から喜んでくれたから、そして妊娠した私に心から寄り添おうとしてくれてるから……こんなにも満ち足りた気分でいられるの」

「……いやでも、それは当然のことで」

「それを当然と思ってくれてるのが嬉《うれ》しいってこと」

未《いま》だに謙遜する彼に、強く言う。

私がどれだけ感謝してるかを、丁寧に伝える。

「だからね、私のことと同じぐらい──自分のことも大事にしてほしい」

「自分の……」

「これから出産まで、大変なことはたくさんあると思う。出産してからはもっと大変かもしれない。タッくんにもしっかり協力してもらわないと絶対にやってけない」

「…………」

「でも、それでも──そのせいでタッくんが自分の人生を犠牲にしちゃうのは、なんか嫌だな」

「…………」

「私を気遣う余り、就職活動っていう人生ですごく大事なイベントを蔑《ないがし》ろにして、望んでた企業に入れなかったり、行きたくなかった業界に行くようになったり……そんな風に就活で失敗しちゃったら、なんか悔しい。私が妊娠しちゃったせいで、タッくんの足を引っ張っちゃったみたいで」

「そ、そんなことは」

「タッくん」

私は言う。

「お願いだから、もっと自分のことを考えて」

それは私の——心からの願いだった。

これまでずっと、なによりも私優先でいてくれた彼に対する、本音のお願い。

ある意味愛情で、そしてある意味ではわがままなんだろう。

「もちろん、本当に助けが必要なときもあると思う。そのときはちゃんとお願いする。だからそうじゃないときは……将来を決めるこの大事な時期に、タッくんには全力で自分の人生と向き合ってほしい」

二十歳《はたち》。

大学生。

就職活動中。

人生の中でもかなり重要な時期に、今のタッくんはいる。

妊娠の件で相当な負担をかけてしまっている。

だからこそ、できる限りのことはしてあげたい。

大したことはできないし、頼ってしまうことも多いだろうけど、それでもせめて『就活の時間を作る』ぐらいのことはしてあげたい。

「タッくんにはやりたいことをやってほしい。後悔しない選択をしてほしい。それが私の望みでもあるから」

どんな仕事でも構わないけど、やりたい仕事をやってほしい。

もちろん就職活動が上手《うま》くいくとは限らないし、希望した職種に就けるとも限らない——それでも全力は尽くしてほしい。

全力を、尽くさせてあげたい。

「……いや、なんかほんと、悪阻《つわり》で死にそうだったくせになに偉そうに説教してるんだって感じなんだけど……。でも、無理して自分を押さえつけないでね。もう少し私を信じて、甘えてくれていいから」

「…………」

「安心して。さっきも言ったけど、本当に助けてほしいときはちゃんと言う。ちゃんと頼るから。だからタッくんも……自分を殺さないで、ちゃんと私を頼ってほしい」

タッくんはしばらく沈黙した後、

「ありがとうございます」

と軽く頭を下げた。

「……綾子《あやこ》さんの言う通りです。自分でもよくないと思ってました。今の、中途《ちゅうと》半端《はんぱ》でどっちつかずになってる状況は」

改めて顔を上げ、まっすぐ私を見つめる。

「一度、じっくり考えてみます。俺の人生のこと、俺の将来のこと」

「うん。それがいいと思う」

私はホッと胸を撫《な》で下《お》ろす。

ああ、よかった。

これでタッくんも、ちゃんと就活に集中してくれるはず。

そんな風に安堵《あんど》した。

結論から言ってしまえば……甘かった。

わかったつもりになっていたけど、どうやら私は、まだまだタッくんという男の本質をわかっていなかったらしい。


三日後。

タッくんは話があると言って、私の家に来た。

今日はそんなに悪阻《つわり》が酷《ひど》くなかったので、普通に椅子に座り、テーブルを挟んで相対する。

そこで彼が語った内容に——私は度肝を抜かれることとなる。

「——しゅ、就活をやめる……!?」

素《す》っ頓狂《とんきょう》な声を出してしまう私に対し、

「はいっ」

タッくんは勢いよく頷《うなず》いた。

その瞳には一片の迷いすらもない。

完全に吹っ切れた表情だ。

「や、やめるって……どういうこと？」

「やめるんです。綺麗《きれい》さっぱり」

「………」

「新卒で就職することは諦めます。大学だけは一応卒業するつもりでいますけど」

「え、ええ……？」

私は戸惑いを隠せない。

話にさっぱりついていけない。

「じゃ、じゃあタッくん……卒業後はどうするの？」

反射的に問いかけると、タッくんは迷いなく答える。

「俺、主夫になろうと思います！」

「しゅ、主夫ぅっ⁉」

またもや素《す》っ頓狂《とんきょう》な声を発してしまう私だった。

「主夫になって、子育てや家のことをしっかりやって、綾子《あやこ》さんを支えたいです」

「………」

「あっ、もちろん一生専業主夫でいたいってわけじゃないですけど。でも数年は主夫業に専念して、子育てが少し落ち着いたら改めて就職先を探すような形が理想かなって」

「…………」

驚き冷めやらぬ私に対し、タッくんは嬉々《きき》として語る。

「綾子《あやこ》さんのおかげで、俺もようやく自分のやりたいことが見つかりました」

「……え？」

私？

私のおかげ？

「三日前に綾子《あやこ》さんに言われて、俺も真剣に考えたんです。自分の人生や将来について。俺が本当にやりたいことはなにかって……そして、わかったんです」

タッくんは言う。

天啓を得たような、確信めいた顔で。

「俺のやりたいことは――綾子《あやこ》さんを支えることだって！」

「……ええぇーっ⁉」

そっち⁉

そっちに行っちゃうの、タッくんは⁉

「……ち、違う違うっ」

ぶんぶんと首を横に振る。

「なにかがおかしいわよ！　私のことは考えなくていいって言ったじゃない。私のことばかり考えないで、タッくんが本当にやりたいことをやってほしいって……」

「考えましたよ。綾子《あやこ》さんのことなんか全く考えずに、すごく自分本位に考えました。その結果──やっぱり綾子《あやこ》さんを支えたい、という結論になりました」

「………」

「そもそも、今の状況で就活したって集中できる気がしないんですよね……。どんなに気にしないようにしてって言われても気になるし……。だったらもう、就活なんかスパッとやめて主夫業に専念した方がいいなって」

「………」

思い切りがよすぎる！

決断力が凄《すさ》まじい！

「え、えー……えっと」

どうしよう。

完全に予想外。

私としては、タッくんが就職活動に集中して希望職種に就いてくれることが望みだったわけだけど……驚きの展開すぎる。

まさか就活をやめるなんて。

まさか――私に就職してくるなんて。

「……俺、仕事してる綾子《あやこ》さんも、好きなんですよね」

衝撃を受けていると、タッくんは滔々《とうとう》と語り出した。

「三ヶ月、本気で仕事してる綾子《あやこ》さんと一緒に暮らして……綾子《あやこ》さんがどれだけ今の仕事が好きで、大事にしてるかがよくわかりました。だからこそ……今回の妊娠で仕事に影響が出たらって考えたら、すごくもどかしくて……」

それは――しょうがないことだと思っていた。

妊娠したなら、子供を産み育てるなら、ある程度仕事はセーブしなければならない。

まあ今は昔とは違うし、うちの会社は――狼森《おいのもり》さんは、女性の妊娠や出産で評価を変えたりはしないと思うけれど、それにしたって限界はある。

今ほど仕事に全力投球はできないだろう。

ましてタッくんの就活や新社会人一年目などが重なれば、子育てはどうしたって私中心になる。

覚悟はしていたし、しょうがないことだと思っていた。

それなのに――

「……じゃあ、やっぱり私のためなんじゃ」

「違いますよ。俺のためです。働いてる綾子《あやこ》さんが好きだから、子供が生まれたって全力で働いてほしい。それを隣で、支えながら見てたいんです」

それに、とタッくんは続ける。

「後悔しないようにしたいんで」

後悔しないように。

それは、この前私が言った台詞《せりふ》。

「今この時間、この一番大事な時期に、綾子《あやこ》さんと子供のために全力を尽くせなかったら……俺は一生後悔します」

迷いない瞳でタッくんは言う。

「だからどうか、俺に綾子《あやこ》さんを支えさせてください」

「…………」

私は言葉を失ってしまう。

感極まったと言ってもいいかもしれない。

ああ。

なんだろうなあ。

昔からよく知っていて、付き合うようになって……私は誰よりもタッくんのことはわかってるつもりだったけど——どうやらそれは思い上がりだったみたい。

まだまだ私はわかってない。

この青年の、私に対する愛情の深さを——

「本当、タッくんはやっぱりタッくんなのね」

「……褒めてます？　呆《あき》れてます？」

「両方かな」

ふふ、と私は笑う。

「専業主夫かあ……。全く予想してなかったけど、それがタッくんの本当の望みっていうなら、真面目に検討しないとね」

「はい……。でも……アレですよ？　綾子《あやこ》さんが反対なら、また考え直しますから。立派なことを言ってるようで、実際は『俺は働かないから養ってくれ』って言ってるのと同じですからね……」

「養うとか養わないとか、今はそんな時代でもないでしょ？　家事や子育ても立派な仕事で、働いてる方が偉いってわけでもないんだから」

もちろんそれは——主夫業も同じ。

ふむ。

まるで想像していなかった未来だけど、案外、悪くはないのかもしれない。

この家は姉夫婦が買った家だけど、二人の生命保険でローンは完済してる。美羽《みう》の大学進学費用に関しても、コツコツ積み立ててきた学資保険がある。

貯金だって、実はそれなりにある。

出産後、初めての子育てをしながら必死に共働きするぐらいなら、タッくんに扶養に入ってもらって主夫業をやってもらう方が心身共に健康でいられるかもしれない。

そもそも私みたいに在宅ワークしてると、普通に出勤してる人と比べて保育園が受かりにくくなるっていうし……万が一、保育園に受からなかったら最悪仕事辞めるしかないと思ってたけど……タッくんが主夫をやってくれるならその辺の心配も全部解決する。

うん、あり。

ていうかむしろ……そっちの方がいいかも。

二人で一緒に子育てして、私は仕事もバリバリ頑張って、タッくんは家事や子育てをしっかりやって、たまには美羽《みう》も私達を支えてくれて——

あれ⁉

いい！

これ、すっごくいいんじゃない⁉

なんか今、理想的な家族の姿が見えた気がする！

これ以上ないっていうぐらい完璧な気がする！

「……んんっ」

ちょっと浮かれ気味になった気分を落ち着け、咳払《せきばら》いで仕切り直す。

「タッくんの希望はよくわかったわ。主夫になるという選択、前向きに検討してみようと思う。いろいろ考えてみないとね」

「わかってます。ちゃんと話し合っていきましょう」

「うん。……でも、私達で話し合う前に……まずはタッくんのご両親を説得しなきゃね。就職活動やめて主夫になるなんて言い出したら、どんな顔されるか……」

大学まで行かせた息子が——就職活動をやめる。

『新卒』という就活に絶対的に有利な最強カードを捨てて主夫になる。

そんな選択……親が賛成するはずもない。

私が親だったら絶対に反対する。

……私はただでさえ彼の人生を狂わせまくっているのだから、卒業後の進路まで歪《ゆが》めてしまったとなれば、どれだけ恨まれても文句は言えない。

慎重に慎重に、説得をしていかなければ——

「タッくんのご両親に大反対されたら……この件はもう一度振り出しに戻る形で……。ほら、やっぱり……こういうのって親も関わってくる話だから」

「……そう、なのかもしれない、ですね」

タッくんは沈痛な面持ちで頷《うなず》いた。

「親のために就職するわけじゃない、って反論したいところですけど、それはたぶん、世間知らずな子供の考えなんですよね。親の金で大学に通わせてもらってるわけですから。それに俺だって……自分の親のことは大事ですし。がっかりさせるようなことはしたくない」

「わかってくれたのね。それならよか――」

うん？

あれ？

なんだかこの流れ、前もあったような。

「でも、安心してください！　綾子《あやこ》さんはきっと、そういうとこを気にするだろうなと思ってたんで――」

デジャビュっぽい混乱に陥る私に、タッくんは拳を握りしめて言う。

「うちの両親のことは、前もって説得しておきました！」

「……またそのパターン⁉」

私に告白する前から両親に許諾を取っていたときと、全く同じパターン。

さすがというべきか。

相変わらず手際《てぎわ》がよすぎる。

どうやらタッくんが主夫になることは、もはや確定のようだった。

第三章
最後と逆兎

♥

十二月の下旬に差し掛かる頃には、私の悪阻《つわり》もだいぶ落ち着いた。

完全になくなったわけじゃないけれど、ピーク時よりは全然マシ。

私は長引くタイプではなく、ガッと一回来るタイプだったっぽい。

あと、自分なりの悪阻《つわり》との付き合い方がわかってきたのも大きいと思う。

このタイミングで食べるとダメとか。

眠かったら無理せず寝た方がいいとか。

そういうのが段々と理解できてきた。

体調が落ち着いてきたなら——やるべきことはたくさんある。

たとえば、病院関係。

産婦人科自体は東京から帰ってきてすぐ決めたけど、まだまだ決めることはたくさんある。

最近は昔と違って選択肢が多い。無痛分娩《ぶんべん》とか自宅分娩《ぶんべん》とか、いろいろ調べて考えなければならない。

たとえば、ベビー用品。

出産はまだまだ先のこととは言え、早め早めに少しずつ揃《そろ》えていかなければならないだろう。

また、双方とも両親が健在なので、どっちがなにを買うかの問題もある。『ベビーカーは父方で、ベビーシートは母方で』みたいに、孫へプレゼントする権利を早め早めに配分していかなければならない。

そしてたとえば——仕事関係の調整。

『わははっ。なるほど、専業主夫かっ。こいつは一本取られたな』

電話口の狼森《おいのもり》さんは豪快に、大層面白そうに笑った。

体調も落ち着いてきたので、改めて今後の仕事について相談しようと思ったわけだけれど、流れでタッくんの進路についても話すことになった。

私から話したわけではなく、狼森《おいのもり》さんの方から尋ねられた。

インターンを紹介した関係でもあるし、今回の妊娠でタッくんの進路がどうなるかは、気になるところだったのだろう。

『いやはや、さすがとしか言いようがないな。左沢《あてらざわ》くんはいつも私の予想を超える決断をしてくれるよ。実に面白い』

「ほんとですね」

『彼のきみに対する愛の深さには感服するしかないね』

「いやー、あはは」

『……ふふっ。こんなこと言っても照れも否定もせず純粋に喜ぶとは……。歌枕《かつらぎ》くんもだいぶ落ち着いてきたようだね。所帯じみてきたというか』

「そりゃまあ……子供も生まれるわけですから」

いつまでもツンデレっぽい反応をしてるわけにもいかない。

初々《ういうい》しいカップルの時間はそろそろ終わり。

落ち着いて腰を据えて、家庭を築いていくことを考えなければ。

『やれやれ。三十代で中学生みたいな恋愛してるきみをからかって遊んでいられた時代も終わったってことか。寂しいなあ』

「そんなこと言われても……」

『しかし左沢《あてらざわ》くんが専業主夫か。まるで予想もしなかったが……ふむ。考えてみるとベストな決断なようにも思える。正直な話……子育てと就活の両立なんて、相当厳しいと思っていたからね』

「……そ、そうなんですかね、やっぱり」

『歌枕《かつらぎ》くんは美羽《みう》ちゃんの母親を十年やってきたとは言え……出産後の育児は初体験だろう？ あれはね……まあ、一つの戦争だよ』

実感の籠もった切実な口調で語る。

狼森《おいのもり》さんも一時期は子育てをしていた。歩夢《あゆむ》くんとは二歳になる前に離ればなれになったと聞いているけど——裏を返せば、それまではきちんと育てていたということだ。

『出産で体力が落ちきった日から、まとまって三時間と眠れない地獄がスタートするからね……。旦那に手伝ってもらっても、ミルクもオムツも一から教えなきゃできないから自分でやった方が早いし、なにげない言動の全てにイライラしてくる。そもそも「手伝う」という態度の時点で、「手伝うってなに？　二人の子供じゃないの？」と反論したくなる。まして私の場合は十年以上前のことで……なにより向こうの親がとにかく前時代的だったからね。「男に子育てさせるなんて、それでも母親か」みたいなことを何度も言われたよ……ああ、しんどかったなあ』

「お、おお……」

なんにも言えない。

狼森《おいのもり》さんもまた、大変な思いをして0歳の歩夢《あゆむ》くんを育てていたらしい。

お姉ちゃんが美羽《みう》を育てる苦労を間近で見ていたからある程度わかっているつもりだったけれど……いざ自分が母親になると想像を絶する苦労が待っているんだろう。

『歌枕《かつらぎ》くんのことも勝手に心配していたが……しかし、左沢《あてらざわ》くんが主夫になってサポートしてくれるというなら安心だ。真面目で几帳面《きちょうめん》な彼のことだ。主夫業をやるとなったら、なんでもきっちりやってくれるだろう』

「そうなんですよねぇー。なんかもう、主夫やるって決めたらすごくやる気になってて。料理の勉強始めたり、家計簿つける練習してたりで……」

　特に家計簿はすごかった。

　私は結構適当にやってたんだけど……タッくんは最新のアプリでなにやらいろいろやっていた。

　収入と支出を全部シミュレーションして、さらには入ってる保険や電気料金のプランまで見直ししてくれて。

『勤勉で優秀な若い夫がなにからなにまでサポートしてくれるというわけか。羨ましいねえ。全キャリアウーマンが夢見る理想の結婚そのものじゃないか』

「……ほんとですよ」

　笑うしかなかった。

「だから少し申し訳ないんですよね。私ばっかりやりたいことやらせてもらってるみたいで。タッくんなら……きっと社会に出ても大活躍できると思うんですけど」

『彼が主夫をやりたいと言ったのだろう？』

「それはそうなんですけど」

『まあ気持ちはわかるけどね。だが、そこまで心配することもないだろう。新卒で就活しないからって、社会人の道が永劫《えいごう》に閉ざされるわけじゃない。子育てが一段落した後でだって、働こうと思えば働ける』

　それはタッくんも言っていた。

子育てが一段落したら、働くことも検討したいと。

『昔ほど新卒が絶対有利という時代でもなくなってきたしね。彼ならどこでだってやっていけるさ。なんならうちで働いてもらったっていい。左沢《あてらざわ》くんなら大歓迎だよ』

「またそうやって会社を私物化して……」

『社長として冷静に判断してるつもりだよ。優秀な人材を雇うことは、会社にメリットしかない』

タッくんの評価がめちゃめちゃ高かった。

うーん、なんだろうなあ。

いつもならこういう風にワンマン社長っぽいこと言い出したときには諌《いさ》めるのが私の役割なんだけど……今日はシンプルに嬉《うれ》しいからなにも言わない。

えへへ。

うんうん、やっぱりタッくんはすごいのよね！

さすが狼森《おいのもり》さん、わかってるー。えへへへー。

『なんにしても、歌枕《かつらぎ》くんが出産後もバリバリ働いてくれるというなら、うちとしては万々歳だよ。左沢《あてらざわ》くんには感謝しないとね』

満足そうに言う狼森《おいのもり》さんだった。

今後のあれやこれやについて一通り話し合った後、

『ところで歌枕《かつらぎ》くん』

狼森《おいのもり》さんが切り出した。

『左沢《あてらざわ》くんと……あっちの方はどうなっているんだい？』

「あっち？」

『決まっているだろう？　夜の方だよ』

「……ぶっ」

思わず噴き出してしまう。

「ちょ、ちょっと……なに言い出すんですか、いきなり……」

『いやいや、真面目な話だよ。意外と真面目な話だ』

照れる私に対し、平然と狼森《おいのもり》さんは続ける。

『実際、どうなんだい？　妊娠が判明して以降、左沢《あてらざわ》くんとの夜の生活は？』

「……な、ないですよ。あるわけないじゃないですか」

三ヶ月の同棲《どうせい》生活の中で、私達の関係は一歩前に進んだ。

しかし妊娠が判明してからは——一切そういうことはなくなった。

どちらから言い出したわけでもなく、自然となくなった。

なんというか……そういう空気にならない、とでもいうのか。

「そもそも私、まだ安定期に入ってないんですから……そういう行為はＮＧですよ。タッくんだってちゃんとわかってるから、全く求めてこないですし……」

『……やっぱりか。予想通りだ』

深く落胆の溜息《ためいき》を吐き出す狼森《おいのもり》さん。

『知っているかい、歌枕《かつらぎ》くん？　妻の妊娠中はね――夫が浮気《うわき》に走りやすい時期と言われているんだよ！』

「――っ⁉」

衝撃を受ける私。

「……え、ええ？　そんな、どうして……？」

妊娠中なんて、女性が一番大変な時期なのに。

それなのに、どうして浮気《うわき》なんて最低な行為を……！

『人によっていろいろ事情はあるだろうが……おそらく夫婦生活がなくなることも理由の一つだろう。女性は悪阻《つわり》や妊娠への不安から、旦那の相手をする余裕がなくなる。妻から相手にしてもらえなくなった男は、よその女の方へ行ってしまうという寸法さ』

「……っ」

『妊娠がわかってから一度も関係していないということは、すでに一ヶ月以上、左沢《あてらざわ》くんに禁欲させているわけだろう？　二十歳《はたち》の男……それも女の味を覚えてしまった男に、それは酷な話さ。他の女に目移りしてもおかしくはない』

「……だ、大丈夫です！　タッくんに限って、そんなことはありえません……。わ、私はタックんを信じています！」

大丈夫。

タッくんなら絶対に大丈夫。

浮気《うわき》なんかしない。

私は彼を信じてる！

『……確かに、彼は大丈夫だろう』

どこか含みを持たせた口調で言う狼森《おいのもり》さん。

『左沢巧《あてらざわたくみ》は、パートナーの妊娠中に浮気《うわき》をするようなゲスではない。それに関しては間違いないと思う。彼はたとえ、どんな相手が誘ってきたところで、きみへの純愛を貫き通すだろう』

「…………」

『ピッチピチのギャルだろうと、ムッチムチの熟女だろうと、彼は決して靡《なび》きはしない。……あっ、ムッチムチの熟女はそのまんまきみか』

誰がムチムチの熟女だ。

『たとえ精力が三千倍になる薬を打たれて、一ヶ月禁欲させられて……そんな極限状態で目の前に極上の美女を用意されたとしても、彼はきみ以外の女は抱きはしないだろう』

どういう状況⁉

信頼度が高いのはわかったけど、どういう状況⁉

『歌枕《かつらぎ》くん』

改まった口調で、狼森《おいのもり》さんは言う。

『左沢《あてらざわ》くんを我慢させたままでいいのかい？』

「我慢……」

『十年以上きみを思い続け、他の女には目もくれずに貞操を守り続け、そしてようやく関係を持てたというのに……直後に妊娠でしばらくお預け……。これではさすがにかわいそうだ。ずっとずっと妄想し続け、待ち焦がれていたきみの肉体をようやく味わうことができたのに……その直後でまた禁欲生活なんて』

「そ、そんなこと言われても……どうすればいいんですか？」

浮気《うわき》されてもしょうがないってこと？

それとも――風俗を許可しろってこと？

どっちも絶対に嫌――

『簡単な話さ。きみがきちんと相手をしてあげればいいんだよ』

「……え？　で、でも、安定期に入るまでは……」

『妊娠中に控えた方がいいのは、直接的な性行為だろう？　女には……あるじゃないか。他に男を満足させる方法が、いくらでも』

「……～っ⁉」

言ってることの意味がようやくわかって、私は顔を真っ赤にしてしまう。

「え、え～っ！　それって……え～～～っ⁉」

つまり……奉仕というのか、サービスというのか。

そういったあれやこれやで、タッくんを満足させればってことで……。

「えー……いやー、それは……えー……」

『なにも恥ずかしがることはない。むしろ大事なことだよ。夫婦にとって大事な大事なコミュニケーションの話だ』

至極真面目な口調で狼森《おいのもり》さんは言う。

『浮気《うわき》する男を擁護する気は毛頭ないがね……「妊娠中だからセックスはしない。相手をしてる余裕はない。でも浮気《うわき》はするな」じゃ、少しばかり男に同情したくもなってくる。浮気《うわき》や風俗で性欲を処理したくなる気持ちも、わからないわけじゃない』

「……い、言いたいことはわかりますけど」

大体わかった。確かに妊娠してから、私はそういったコミュニケーションを疎《おろそ》かにしてしまっていたかもしれない。

「でも……だからって急にそういうことをするのは……？　なんていうか、最近、全然そういう空気じゃなくて……」

同棲《どうせい》中は結構距離感近めでイチャイチャしていたけれど、妊娠が判明してからというもの、タッくんはすごく私の体を思いやってくれるようになって……嬉《うれ》しい反面、イチャイチャが減って寂しかったり。

『心配ご無用。そんなことだろうと思って——こちらで秘密兵器を用意しておいた』

「ひ、秘密兵器⁉」

『昨日送ったから、明日には届くだろう』

「配送済み⁉　ま、待ってください……いらないですよ、そんなもの」

狼森《おいのもり》さんが用意した秘密兵器って。

いらない。

絶対にいらない。

もう嫌な予感しかしない！

このパターンは読めてるのよ！

「どうせまた私のこと口車に乗せて恥ずかしい格好をさせるつもりなんですよね？　そうはいかないですから！」

『ふむ。まあ否定はしないが……しかし歌枕《かつらぎ》くん』

少し間を空け、神妙な口調で続ける。

『これが……最後なんだよ』

「……え？」

『これが、本当に最後なんだ』

同じ言葉を繰り返す。

念を押すように、噛《か》みしめるように。

「な、なにが最後なんですか？」

『なにがって……左沢《あてらざわ》くんと二人で、嬉《うれ》し恥《は》ずかしの楽しいイベントをしてイチャイチャできるのが、だよ。子供が生まれたらもうそんなことしてる余裕はなくなってしまうだろう？単なるカップルではなく、父と母にならなければならないのだから』

ああ、そういう意味か。

なにか他の意味があるのかと思った。

七巻ぐらい続いたライトノベルが完結するときみたいなテンションでいうから、何事かと思っちゃったわ。

『最後の思い出作りだと思えばいい。二人がまだカップルでいられるうちに、とびっきりバカになってしまうのも悪くないんじゃないかな？』

「…………」

『もう二度とこんな機会はないかもしれないよ？　これが最後だ』

「…………」

結局のところ、こうして少し考えてる時点で私は口車に乗せられてしまっているのだろう。

確かにこれが最後かあ、と思い始めてる時点で……私も慣れてきたというか、羞恥心がどんどん薄れつつあるというか。

今まで何度も何度も恥ずかしい格好をしてきた私だけれど、どうやらこれが最後であるらしい。

歌枕綾子《かつらぎあやこ》、最後の恥ずかしい格好、である。

♠

その日、俺は綾子《あやこ》さんから呼び出された。

家に来てほしいらしい。

理由は……教えてもらえなかった。

なにも尋ねず、彼女の家に行けばいいらしい。

「…………」

どうしよ。

なんか……嫌な予感しかしないなあ。

これまでの経験が教えてくれる。

こういうこと言い出したときの綾子《あやこ》さんは……大体なんか変なことをやり出す。

基本的には常識人で慎重派の彼女だけれど……たまに、ごくたまに、変な方向にアクセルを踏みきってしまうことがある。

今回はそのパターンの可能性大。

おまけに。

今朝、自分の部屋から何気なく外の景色を見てたら……綾子《あやこ》さんの家に宅配便が届くところを目撃してしまった。

午前中にそんなものを見た後の、午後一の呼び出し。

うーむ。

嫌な予感しかしないなあ。

「……まあ、行くしかないんだけどさ」

断るという選択肢は最初からない。もしかしたら本当に大事な用事かもしれないし、呼び出しにはきちんと応じよう。

意を決し、隣の家に向かう。

チャイムを押すと、向こうからライン。

『鍵は開いてるから入ってきて』とのことだったので、そのまま中に入る。

今日は平日で、美羽《みう》は学校に行っている。

俺の方はというと、少し早めに冬休みに入っている状態。就活をやめて主夫になる決断をしたので、一気にスケジュールに余裕ができた。もちろんただ遊んでるわけではなく、主夫になるための勉強をしたり、短期のバイトを入れたりしているけど。

廊下を歩き、リビングへと向かう。

「入りますよ」

一応断ってから、ドアを開く。

「綾子《あやこ》さ――」

入った瞬間、時が止まった。

まず感じたのは、やや高めの室温。いくら冬とは言え、さすがに暑い。エアコンを二十八度ぐらいに設定してるんじゃないかと思う。カーテンも閉め切っていたため、どこか圧迫感がある。

しかしそんな部屋に対する違和感は――即座に雲散霧消する。

視覚へのインパクトが、あまりにすごすぎた。

「な……あ……」

言葉が出ない。
衝撃のあまり、言語中枢がやられたのかと思うほど。
リビングには、綾子《あやこ》さんがいた。
俺の最愛の人がいた。
しかし、その姿は――

「……あ、綾子《あやこ》だぴょんっ」

彼女は――言った。
死ぬほど恥ずかしそうな顔で、死ぬほど恥ずかしいことを言った。
両手を軽く上げて耳を作り、ちょっと跳ねるような仕草も入れて。
「…………」
今の彼女の姿を一言で表すなら――バニーガール姿という他ないのだろう。
ウサギの耳を模した頭の飾り。
首元で締めたリボン。
白い手袋。
黒いタイツ。

身につけた様々な要素が、いわゆる王道的なバニーガールと似通っている。

しかし——違う。

俺が知っているバニーガールとは、絶対的に違う。

なんというか——逆、なのだ。

逆。

全体的に逆になっている。

なにがって——隠しているところが、だ。

通常のバニーガールは、ボディに密着したハイレグのスーツを着ることが多いだろう。それでも十分露出は多く、極めて過激な衣装と言える。

しかし今綾子《あやこ》さんが着ているのは——その真逆。

長袖と長タイツはあるのに、その真ん中がない。

通常のバニーであればスーツで覆ってる部分が、裸になっている。

もちろん完全に裸でというわけではなく、秘部は隠しているが……その隠し方があまりに心許《こころもと》ない。

股間はヒモみたいな水着でかろうじて隠れているだけ。

胸に至っては……ただのシールだ。

バツ型のニップレスをぺたりと貼ってるだけ。

ほとんど丸出しと変わらない。

「――っ！」

ヤバい。

これ、ヤバすぎるだろ。なんだこの、男から精を絞り取るためだけに存在してるような、ドエロい格好は……！

「ど、どうかしら、タッくん……？」

身動き一つ取れずに俺に、綾子《あやこ》さんは問うてくる。

口調は普通。

別に語尾に毎回『ぴょん』をつけるわけではないらしい。

「こういうの、好き？」

いや……いやいや。

好きとか嫌いとかそういう次元の問題じゃない。

見ているだけで性欲という性欲が暴走しそうになってくる。

「な、なにやってるんですか、綾子《あやこ》さん……？」

どうにか声を絞り出す。

「なんですか、その裸より恥ずかしい格好……」

「え、えっと」

「こんな真冬に」

「ぐっ」

「こんな真っ昼間に」

「うぐっ」

「しかも、身重の体で」

「……う、ううっ」

泣きそうになって呻《うめ》く綾子《あやこ》さん。動揺の余りつい思ったことをそのまま口にしたら、結構深く傷つけてしまったようだった。

ショックのせいか、その場に崩れ落ちる綾子《あやこ》さん。

「……こ、これには深い事情がありまして」


とりあえず、並んでソファに座る。

綾子《あやこ》さんにはリビングにあった毛布を膝にかけてもらう。

こんな裸みたいな格好で体を冷やしてしまっては大変だ。

まあ、部屋の温度を高めにしてるからそこまで心配しなくてもいいとは思うけれど。おそらく……この格好をするために室温を高くしていたのだろう。

「……つまり、また狼森《おいのもり》さんの口車に乗せられた、と」

「……うん」

こくりと頷《うなず》く綾子《あやこ》さん。

話を聞いてみると、やはりというべきか黒幕がいるようだった。

想定の範囲内である。

「まあ……それならしょうがないですよね。狼森《おいのもり》さんの口車はＦ１ぐらいハイスペックでハイスピードですから」

それにしたってすごい格好だとは思うけど。

綾子《あやこ》さんのコスプレ姿はこれまで何度か目撃してきたけど……今回の衣装は今までの中でも群を抜いてる気がする。

群を抜いて……エロい気がする。

「これ……『逆バニー』って言うんだって」

逆バニー。なるほど。

普通のバニーガールと露出する部分が逆だから、逆バニーなのか。

「今、オタク業界とかアダルト業界でちょっとだけ流行《はや》ってるらしくて、狼森《おいのもり》さんが送ってくれたの」

このヤベえ衣装、流行《はや》ってるんだ……。

すげえなあ、人間ってこんなものを生み出してしまうんだなあ。

男の欲望っていうのは尽きることがないんだなあ。

「わ、私もね、さすがに逆バニーはやりすぎだって思ったのよ。だってもうこんなの、ただの変態じゃない……！」

自覚はあったらしい。

「でも狼森《おいのもり》さんが……これが最後だからっていうから」

「最後……」

「子供生まれたらのんびりできなくなるから、こんな風に二人でイチャイチャできるのもこれが最後だって」

ああ、そういう意味か。

確かに今日の綾子《あやこ》さんからは……なにか、そういう気概を感じた。

覚悟というのか、思い切りのよさというのか。

『どうせこれが最後だからどんだけ過激なことやってもいいや、最後にドデカい花火を上げて爪痕残してやろう。編集部も最終巻だし許してくれるだろう』とでも言わんばかりの、どこか自暴自棄になったような覚悟が感じられた。

「まったく……狼森《おいのもり》さんも人が悪いんだから」

俺は深く溜息《ためいき》を吐く。

「俺が浮気《うわき》しないようにって……そんなこと、心配しなくても大丈夫ですよ」

話を聞く限りでは、その辺りの話題で狼森《おいのもり》さんに煽《あお》られてしまったらしい。

妻の妊娠中は夫が浮気《うわき》するリスクが高まる、とか。

「こんな大事な時期に浮気《うわき》なんて絶対にしませんから。……あっ、いや、どんな時期だって絶対に浮気《うわき》しませんけどね、俺は！　でも特に気をつけるべきというか……いやいや、気をつけるとかじゃなくて、浮気《うわき》しようとすら思わないので、だから、ええと——」

「……わかってる」

言葉の訂正途中に、遮るように綾子《あやこ》さんは言った。

「タックんは浮気《うわき》なんてしない。それは私もわかってるし、信じてるわ。でも、だからって……そんなタックんに甘えすぎるのもよくないかなって」

「…………」

「だってタックん……やっぱり、我慢してるでしょ？」

「え」

「妊娠がわかってから……全然そういうことしてなくて」

「そ、それは……」

我慢している、と言えば確かに我慢していることになるだろう。

俺だって年頃の男だ。最愛の人とそういうことはしたい。まして俺達は付き合い立てで、最近になってようやくそこまで関係が進展したところなのだ。

本当なら——したい。

毎日だってしたい。

一日何回だってしたい。

でも——

「我慢……はしてますけど。こういうときに我慢するのは普通のことですから」

「……うん。私だって今、タッくんが私の体調無視して無理やり迫ってきたりしたら……ちょっと失望するかも。でも、だからって……それを当然と思って甘えちゃいけないのかなって思って。そう思ったから、今回は狼森《おいのもり》さんの口車にあえて乗ったみたいなところもあって」

「…………」

「もちろん、最後までするのは無理だけど……その、なんていうか……他の部分で満足させることなら、できるかもしれないから」

「なっ」

他の部分って。俺は思わず、逆バニーの体を見つめてしまう。おそらく『他の部分』に相当するだろう、様々な部分を。

「私、タッくん以外と経験がないし、どこまでできるかわからないけど……でも私にできることがあれば……やってあげたい。喜んでもらえるなら、嬉《うれ》しいから」

「……綾子《あやこ》さん」

胸の内に温かなものが広がっていく。

彼女の思いが、気遣いが、本当に嬉《うれ》しかった。

「ありがとうございます」

深く頭を下げる。

「でも、いいですよ、今は思い切り俺に甘えて。俺が我慢して、俺に頼るのを、当然だと思ってていいですから」

「え……」

「今は一番、自分の体を大事にしなきゃいけない時期でしょう。俺に遠慮なく甘えてほしいです。自分のことを一番に考えて、無理だけは絶対にしないでください」

「タッくん……」

「俺のことを思いやってくれる綾子《あやこ》さんの気持ちだけで、十分嬉《うれ》しいですから」

「……そ、そうよね」

綾子《あやこ》さんはどこか安堵《あんど》したように――それでいて、少しだけ寂しそうに笑った。

「やだやだ。私ったら、またちょっと一人で暴走しちゃったみたいね。あー、恥ずかしい」

パタパタと手で自分を扇ぐ。

「こんな服、さっさと着替えちゃ――」

そう言って立ち上がろうとした瞬間、動きが止まる。

俺が——手を握ったから。

少し強めに、ギュッと。

「え……」

「…………」

「タ、タッくん……？」

「き……着替えることは、ないんじゃないですか？」

俺は言う。自分でも驚くほど、緊張した声が出てしまった。

「せっかく着たんですから、そんなに慌てて着替えなくても」

「……え？」

「もうちょっとその格好で楽しみたいっていうか……その格好のまま、コミュニケーションしてみたいっていうか」

「…………え、えええ!?」

俺がどうにか濁して伝えようとした言葉の意図が伝わったのだろう、綾子《あやこ》さんは顔を真っ赤にして素《す》っ頓狂《とんきょう》な声をあげた。

「あれ……？　だ、だってタッくん……気持ちだけで十分嬉《うれ》しいって」

「気持ちだけで十分ですけど、綾子《あやこ》さんのこの姿はとても素敵なので」

「……む、無理はしないでほしいって」

「無理だけは絶対にしないでほしいですが……無理のない範囲でもう少しこのままでいてほしいっていうか」

「……あ、あー、なるほど、そういう感じ……」

照れまくる綾子《あやこ》さん。俺も死ぬほど恥ずかしい。さんざん格好いいこと言った後で……結局、求めてしまうなんて。

「……逆バニー、よかった？」

「エロすぎて死ぬかと思いました」

「な、なにそれ……。もうっ、タッくんったら」

恥ずかしそうにしつつも、どこか嬉《うれ》しそうに笑う綾子《あやこ》さん。

俺だってもう——いい加減、わかってきた。

遠慮して気を遣い合うだけが、相手を大事にするということじゃない。

時には相手を信じて思い切り甘えることも、相手を尊重することに繋《つな》がる。

だから……今日は甘えてみよう！

つーか、もう無理！

我慢の限界！

ここまでされて紳士でなんていられない！

「ほんと、タッくんはエッチなんだから」

「そんな変態みたいな格好の人に言われても」

「へ、変態とか言わないでよ！」

「大丈夫です。俺は変態な綾子《あやこ》さんが大好きですから」

「え━……嬉《うれ》しくない」

益体《やくたい》もない会話をしながら、少しずつ指を絡《から》め、体を寄せ合っていく。

逆バニー衣装で露出している肌に優しく触れながら徐々に顔を近づけていき、唇を重ねた。

考えてみれば━━キスをしたのも久しぶりだったかもしれない。同棲《どうせい》中には毎日のようにしていたけど、妊娠がわかってからはすっかりとご無沙汰になっていた。

子供が生まれる以上、いつまでもバカップルじゃいられない。

親になる覚悟を決めなければならない。

でも、だからって、カップルっぽさの全てを捨て去る必要もないのだろう。

「タッくん……大好き」

「俺もです」

それから俺達は、久しぶりに大人のコミュニケーションを取った。

もちろん最後まではできないので、ひたすら俺が奉仕してもらう形。久々の綾子《あやこ》さんを、逆バニー衣装を……これでもかってほどに堪能《たんのう》させてもらった。

第四章
聖夜と誓約

♥

白い雪がしんしんと、聖夜の街に降り注ぐ。

今宵《こよい》は——年に一度のクリスマス・イブ。

歌枕《かつらぎ》家は特に決まったパターンの過ごし方があるわけではない。美羽《みう》と二人で家で祝ったり、外食したり、美羽《みう》が友達の家のパーティーに呼ばれたり、私達がタッくんの家に行ったり。

様々なパターンでクリスマスの夜を満喫してきた。

今年はというと——私の体のことがあるので外食は却下。あまり体は冷やさない方がいいし、雪も積もってるから滑ると大変。

だから、私の家でパーティーをすることにした。

私と美羽《みう》と、そしてタッくんの三人。

タッくんを呼ぶことに関しては——もはや当然の事という感じ。

呼ばないという選択肢がない。

私にとっても、そして美羽《みう》にとっても、彼はそういう存在になっている。

「えー、それでは、なんやかんやで……メリークリスマス！」

美羽《みう》の雑な挨拶に合わせて、三人で乾杯する。

「はぁー、おいし。ただの炭酸ジュースなんだろうけど、クリスマスに飲むとなんか美味《おい》しいよね」

満足そうにシャンメリーを飲んだ後、自分でおかわりする美羽《みう》。

今日の飲み物は三人揃《そろ》ってノンアルコール。

「タッくんは飲んでもよかったのよ？　私に合わせなくても」

「いや、いいですよ。一人だけ飲んでもつまらないですし」

「ねえねえタク兄。この鶏《とり》、どう食べたらいいの？」

「ああ、ちょっと待ってろ。今、切り分けるから」

テーブルに並んだパーティーメニューの中央を陣取る、大きなローストチキン。

鶏《とり》を丸々一羽《わ》オーブンで焼いた、ザ・クリスマスという感じの一品。

タッくんは慣れた手つきでローストチキンを私達に切り分けてくれる。

「んんっ！　なにこれ、美味《おい》しいっ」

「ほんと、美味《おい》しいわね」

鶏肉《とりにく》の味に感動する私と美羽《みう》。外はパリパリで中はジューシー。お世辞抜きで素晴らしい味だった。

「よかった。練習した甲斐《かい》がありました」

タッくんは嬉《うれ》しそうに微笑《ほほえ》んだ。

「タク兄も本当すごいよねー。いつの間にか、こんなすごいもの作れるようになってるし。もうママより料理上手なんじゃない？」

「お、おい、美羽《みう》」

美羽《みう》にツッコんだ後、こちらに視線を寄こす。

「いや、俺なんてまだまだですよっ。これもただ、ネットのレシピ通りに作っただけですから。手際《てぎわ》悪いから結構時間かかりましたし」

こっちを見ながら慌てて謙遜するタッくん。

私は『うふふ』と余裕のある笑みを浮かべてみせるけど……内心ではドキドキだった。

そうなのよねー……。

専業主夫になる宣言をしてから、タッくんは本格的に料理の勉強を始めたみたいで、メキメキと腕をあげてきている。

今日のクリスマスメニューにしたって、ローストチキンも含めて全部タッくんの手作り。サラダにキッシュにパスタ……全部作ってくれた。

その腕前はすでに私と互角か、あるいはもう抜かれてるかも……。

ああっ、なんか複雑っ。

こういうの気にするのって時代錯誤なのかもしれないけど、男の人の方が料理上手なのって、ちょっと情けない気分になっちゃう……。

「タク兄もさっさとこっちの家に住んじゃえばいいのに。そしたら私も、料理も家事もしなくて済むのになあ」

「……俺は召使いになるつもりはないぞ」

軽く苦言を呈した後、

「まあ、でも……そうだな」

少し考え込むようにして、タッくんは言う。

「できるだけ早く、こっちに来ようと思ってるよ」

「そうなの？」

問い返す美羽《みう》に、タッくんは頷《うなず》く。

「年が明けて暖かくなってきたら、こっちの家に引っ越そうと考えてる」

「へー、結構すぐだね」

「まあ引っ越すってほどのことでもないんだけどな。すぐ隣だし、徐々にこっちの家に荷物を運び込んでくる感じになると思う」

「うわー、どうしよ。この家に男の人が住むなんて、年頃の娘としてはちょっと複雑ー。お風《ふ》呂《ろ》とか一緒のお湯は嫌だなー」

「悪かったな、我慢してくれ」

わざとらしく意地悪を言う美羽《みう》に、笑って返すタッくん。

当然ながら美羽《みう》としても、反対する気持ちはないのだろう。

彼がこの家に住むことも——そして彼が父親になることも、ちゃんと受け入れている。

「でも、本当にいいの、タッくん？」

私は言う。

「無理に急がなくてもいいのよ」

「無理してるつもりはないですよ。どうせいつか住むんだから、早い方がいいと思っただけで」

「ご両親だって、タッくんがいなくなったら寂しいだろうし……」

「すぐ隣だからいつでも会えますって。それにむしろ最近は、うちの親の方が『早く引っ越して綾子《あやこ》さんを助けてあげろ』って言われてる感じで」

苦笑するタッくん。

向こうの両親も交えて何度か話し合った結果、タッくんがこの家に住んで一緒に暮らす方向で話が進んでいる。

いろいろなパターンを検討した上で、それがベストだろうと判断された。

今はそのタイミングを話し合ってる状態。

なんだか——驚くほどスムーズに話が進んでいる。

タッくんも、周りの人達も、妊娠中の私のことを一番大事に考えてくれてるようで、なんだか恐縮するばかり。

本当に恵まれていて、幸せだと思う。

だけど——

「…………」

ふと。

本当にふと、怖くなってしまう。

上手《うま》く言葉で説明できないけど……なんだか、トントン拍子に話が進みすぎていて怖い。地に足がついていないような、漠然とした不安がある。

もちろん、なにか不満があるわけじゃない。みんなが私を大事にし、私にとって最善の決断をしてくれてることは痛いぐらいにわかっている。

でも。

妊娠の判明から、なんだか目まぐるしく日々が過ぎ去っていくようで、少し気持ちが追いつかない部分はある。

そもそも……私達、結婚するのよね？

妊娠がわかってお互いの両親と話し合ってから、なんだかいつのまにか結婚が大前提の話し合いになってて……気がつけばもう、どこで暮らすかの話になっている。

話の進み具合がスムーズすぎて、一足飛びになってる感じ。

結婚式もしてないし、そもそも婚姻届だって出したわけじゃないのに、出産後の話ばかりが始まっている。

それに、ちゃんとしたプロポーズだって、まだ――

……いや。

まあそれは、順番間違えてうっかり妊娠しちゃった私達が悪いんだけど。

出産は待ってくれないから、先に片付けなければならない問題をどんどん片付けてるだけってのは十分わかってるけど……。

でも……どうしよう。

土壇場《どたんば》になって結婚しない方向に話が転がったらどうしよう?

『事実婚でいきましょう』とか。

『今の時代、結婚の制度ってなんの意味があるんですか?』とか。

小難しいことを言われたらどうしよう?

……だ、だいじょぶだいじょぶっ。

結婚できるに決まってる!

考えすぎよね。

はあ、これがマリッジブルーってものなのかしら?

あるいは……マタニティブルー?

「……ママ、ちょっと食べすぎじゃない？」

美羽《みう》に言われて気づく。

自分が、ものすごい勢いでパーティー料理を食べていたことに。

「いくらタク兄の料理が美味《おい》しいからって」

「ち、違うのよ、これは」

しまった。

考えごとしながら食べてたら、たくさん食べちゃった！

料理が美味《おい》しすぎるから、ついつい！

「ママ、最近ちょっと体重増えすぎなんだから、気をつけないと。産婦人科の先生にも少し食事控えるように言われたんでしょ？」

言われたけど。

妊婦なんだからお腹《なか》の子供のために食べられるだけたくさん食べた方がいい——なんていうのは、もはや遠い昔の話。

妊娠中の肥満は様々な病気の引き金となり得る。

現代の妊婦は、太りすぎず痩せすぎず、適正体重を目指す必要があり……定期検診で産婦人科に行くたびに体重に関してもあれこれ指導が入る。

私はというと……悪阻《つわり》が酷《ひど》かったとき、空腹だと気持ち悪くなるから延々となにか食べるようにしていた結果、ちょっとだけ適正体重をオーバーしてしまった。

ちょっとだけどね。

本当に本当にちょっとだけどね！

「や、やめてよ、美羽《みう》、タッくんの前で体重の話は……」

「……いや、タク兄は全部知ってるでしょ。毎回付き添ってるんだから」

冷ややかにツッコむ美羽《みう》と、その横で困ったように笑うタッくん。

そうでした！

タッくんは毎回必ず定期検診に付き添ってくれるのでした。

一緒に来てくれることはとても嬉《うれ》しいし、心強いけど……体重とかのセンシティブな話題も全部聞かれてしまうのは少し複雑。

もうカップルではなく夫婦になるわけだから、そこら辺も段々とオープンにしていくのが普通だというのはわかっているけれど……うーん。

なんだかまだ実感が湧かない。

あるいは——私の願望なんだろうか。

タッくんとはまだ、夫婦になるよりカップルでいたいっていう。

父と母になるより、男と女としてイチャイチャしてたいっていう。

はあ……ダメダメ。

そんなこと考えてちゃダメよ。

これから二人で、ちゃんと夫婦にならなきゃなんだから。


段々と夜が更《ふ》けていく。

パーティー料理を一通り食べ終わり、美羽《みう》へのクリスマスプレゼントも済ませ、食後のケーキも堪能《たんのう》する。

シャンメリーを片手に、残っていたクラッカーやナッツなどを摘まみ始めたタイミングで、

「ふわぁ～あ」

美羽《みう》が大きなあくびをした。

「なんか眠い」

一言そう言った後、部屋から出て行ってしまった。

階段を上る音がしたので、自分の部屋に向かったらしい。

「もう、美羽《みう》ったら」

相変わらず自由人なんだから。

あれ？

でも、前にもこんなことあったような。

「食べるだけ食べてすぐ寝るなんて……。後片付けから逃げたわね」

「……たぶん」

気を遣ってくれたんだと思いますよ。

と。

タッくんは小声で付け足した。

私には、上手《うま》く聞き取れなかった。

「え？」

「いや、なんでもないです。それより、もう少し飲みましょうか」

「……うん、そうね」

「シャンメリーですけど」

「シャンメリーだけどね」

軽く笑い合ってから、お互いのグラスにおかわりを注ぐ。

ノンアルコールだけれど、二人で一緒に同じ物を飲んでいればあんまり気にならない。お酒はなにを飲むかより誰と飲むかだと、つくづく思う。

雑談の途中で、

「……なんか、思い出しますよね。ここでこうして二人きりで飲んでると」

「思い出す？」

「俺の誕生日のことです」

「……ああ」

そうだそうだ。思い出した。

なんだか懐《なつ》かしいと思ったら、タッくんの誕生日と同じようなシチュエーションになってるんだ。

あのときも確か、美羽《みう》が途中でいなくなって、二人きりになったんだっけ。

「懐《なつ》かしいわね。タッくんの二十歳《はたち》のお誕生日会。あのときはノンアルコールじゃなくて、ちゃんとワインを飲んでたのよね」

思い出す。

それこそワインのように、記憶の樽《たる》から思い出が溢《あふ》れてくる。

「もらい物の、ちょっと高いワイン、それをタッくんにかけちゃって」

「ありましたねー」

「お風呂《ふろ》場で……うっかりタッくんの着替え見ちゃったり」

「今だから言いますけど、あのとき俺の裸で照れてた綾子《あやこ》さん、めちゃめちゃかわいかったですよ」

「なっ」

「上半身ぐらいでこんなに照れるんだ、って思って」

「や、やめてよ……そんな昔の話」

「まあ、今はもう裸ぐらいじゃ照れないですよね。見慣れてますし」

「そうそう、もうタッくんの裸なんて見慣れて——ってなに言わせるのよ！」

ムキになってツッコむと、タッくんはくすくすと笑った。

それから、

「……一生忘れられない誕生日ですよ」

と静かに続けた。

神妙な顔つきとなり、様々な思いを噛《か》みしめるような口調で。

「だって……綾子《あやこ》さんに告白した日ですから」

「…………」

「十年片想《かたおも》いしてたお隣のお母さんに、ようやく想《おも》いを告げられた日。お酒の勢いで言っちゃった感じですけど……でも、あれが俺の、人生初の告白です」

「……私だって忘れられないわよ」

覚えてる。

はっきりと鮮明に覚えてる。

これから先、一生忘れることはないと思う。

「本当にびっくりしたもん。まさかタッくんに告白されるなんて、夢にも思わなかったから」

本当に夢にも思わなかった。

娘と結婚することを夢に思ってたぐらい。

「あの日から……いろいろあったわよね」

「そうですね」

あの日から——私達の全てが始まった。

一筋縄ではいかない、恋愛劇が幕をあけた。

「最初は……普通にフッちゃったのよね、私……」

「まあ、しょうがないですよね。常識的な大人の判断だったと思います」

「いやでも……結局その後、すっごく煮え切らない感じになっちゃって……。タッくんのこと尾行しちゃったり」

「あー、ありましたねー。聡也《さとや》のこと、俺の新しい彼女だと勘違いして」

「そうそう」

懐《なつ》かしい。

聡也《さとや》くん、本当にかわいかったからなあ。

最近全然会ってないけど、今も女装してるのかしら？

あっ、女装じゃなくて似合う格好してるだけ、なんだっけ？

「俺も俺で結構やらかしてますからね。初デートで気合い空回りして、風邪引いたりして……。

ダサいですよ、ほんと」

「い、いいのよ、もう。その後ちゃんとデートできたんだから。遊園地、すごく楽しかったわ」

「帰りは大変でしたよね。車がパンクして、雨にも降られて……それで」

「……ホテルに一泊したわね」

「はい……」

「……今になって思うと、タッくん、凄《すさ》まじい精神力よね。ホテルに泊まったのに本当になにもしないなんて」

「そりゃしませんよ、あのときは付き合ってないんですから」

懐《なつ》かしい。

タッくん、本当に手を出してこなかったのよねえ。

もしもあのときにタッくんが手を出してきてたら……それはそれで、どんな風に物語は転がっていったのかしら？

「夏にはハワイアンZに行きましたね」

「左沢《あてらざわ》家、歌枕《かつらぎ》家の恒例行事だもんね。来年は行けるかしら？」

「どうでしょう？　ちょうど子供が生まれるぐらいになるかも……」

「できれば続けていきたいわよね」

「本当ですよ。ハワイアンZは最高ですから。プールもあるし、温泉もあるし」

「温泉……そういえば、今年はタッくんと混浴しちゃったのよね」

「あー、そうでしたね……」

「入ったらいきなりタッくんがいるんだもの。あのときは恥ずかしかったわ……」

「今は普通に一緒に入れますけどね」

「そ、そりゃ同棲《どうせい》もしてたわけだしね」

「でも最近、一緒に入ってないから、ちょっと寂しいです……」

「無理でしょ今はっ」

懐《なつ》かしい。

あのときは、美羽《みう》がタッくんを好きだと勘違いしてたんだっけ。

全ては美羽《みう》の策略だったわけだけど、おかげで私は、タッくんへの自分の気持ちを再確認できた。たとえ娘の想《おも》い人だろうと譲りたくないと、覚悟を決めることができた。

「ハワイアンZから帰ってきてすぐでしたよね……綾子《あやこ》さんからキスされたのは」

「う……」

「俺の、ファーストキス……」

「ええと……」

「告白の返事もされてないのにキスされて、その後になぜか避けられるようになって」

「……そ、その節は本当にご迷惑を」

「ようやく付き合えたと思ったら……綾子《あやこ》さんはその日、なぜかノーブラで」

「〜〜っ⁉ も、もうっ、忘れてよ、それは！」

「忘れられないですって」

懐《なつ》かしい。

美羽《みう》のおかげで自分の気持ちには気づいたはずだったのに……私が先走ってキスしちゃったせいで、信じられないぐらいグダグダしてしまったんだった。

最終的にはどうにか付き合えたけど……告白の返事をするタイミングで、私はまさかのノーブラだった。

はあ……やだなあ。最高にロマンチックな記憶のハズなのに、思い出すといつもノーブラのことがついてきちゃうんだなあ。

「そして付き合った直後に、まさかの遠距離恋愛」

「と思わせて、まさかの同棲《どうせい》開始、だったわよね。狼森《おいのもり》さんとタッくんによる悪巧みのせいで。本当に驚いたんだから」

「すみません」

「まあ、結果的にはよかったけど」

「楽しかったですよね、同棲《どうせい》生活」

「ええ。そういえば……タッくんの元カノが登場する事件とかもあったわよね」

「ちょっ……元カノじゃないですよ。彼女のフリをしたことがあるだけの、元同級生です」

「最近、有紗《ありさ》さんとは連絡取ってるの？」

「たまに」

「……ふーん」

「いや、なにもないですよっ。向こうだって彼氏いますし。一緒にインターンやった仲として、就活をやめることを一応報告しただけで」

「ふふっ。嘘々《うそうそ》、気にしてないわよ。そんな器の小さい女じゃないから」

懐《なつ》かしい。

遠距離恋愛と見せかけた、突如の同棲《どうせい》。

慣れないことばっかりで大変だったし、そこに有紗《ありさ》さんが現れて一悶着《ひともんちゃく》あった。

まあ……彼女自体はなに一つ悪いことしてなくて、私達が勝手に空回ってしまっただけなんだけど、今となってはいい思い出。

結果的に、私達が一歩先に進むきっかけになったとも思うし。

「あとは……狼森《おいのもり》さんに子供がいたのはびっくりでしたね」

「そうそう。まさかあんなに大きな子供がいたなんて」

「歩夢《あゆむ》くんとは仲良くやってるんですかね？」

「楽しくやってるみたいよ。この前電話したときに教えてもらったけど、一緒に旅行とか行ってるみたい」

「へえ」

「今月の頭が歩夢《あゆむ》くんの誕生日だったらしいんだけど……そこそこ値が張るゲーミングPCをプレゼントしたそうで……。遅れてきた親バカモードに入ってる感じかな」

「あはは。いいじゃないですか、平和で」

「うん、でも……単にパソコンをプレゼントしただけじゃなくて、エンタメ業界や資産運用の英才教育を始めたっぽくて、『私はあと十年で引退するつもりだから、その後は歩夢《あゆむ》に任せよう』とか、本気か冗談かわからないことも言ってて……。どうしよう、十年後、私、歩夢《あゆむ》くんの下で働いてるかもしれない……」

「……あんまり平和ではなさそうですね」

懐《なつ》かし――くもないか。

結構最近の話。

フリーダムなキャリアウーマンに思えた狼森《おいのもり》さんが、実は一児の母だったという意外な過去。驚きはしたけど、ずっと完璧超人みたいに思っていた彼女の弱さや人間らしさが垣間見《かいまみ》えた気がして、少しだけ嬉《うれ》しかった。

入社して以来、十年も彼女の下で働いていることになるけど、ここ最近でまたグッと距離が縮まったような気がする。

これからも彼女の下で働いていきたい。

たとえ……十年後、新ＣＥＯ歩夢《あゆむ》の下で働くことになっても。

「長いようで短かった三ヶ月の同棲《どうせい》生活もあっと言う間にすぎて……最後の方で妊娠が判明して、そして今に至る、と」

締めくくるように言って、はあ、と息を吐き出す。

「ほんと……いろいろあったわね」

しみじみと言った。

本当に、いろいろあった。

五月にタッくんに告白されてから、怒濤《どとう》の毎日だった。

一年も経《た》ってないなんて信じられない。

とんでもない密度の、濃厚な日々だったと思う。

「大変なこともたくさんあったけど、今となったらいい思い出ね」

「……本当ですよ」

私の雑なまとめに、タッくんは深く頷《うなず》いた。

それから目を閉じて、感慨深そうな顔つきとなる。

「今年の五月に告白してから……物語が一気に動き出した気がします。ずっとずっと、俺の中で抱えてるだけだった想《おも》いが——一人で回るだけだった歯車が、ようやく周囲と絡《から》み合《あ》って、回り始めた」

ああ、そっか。

私の中ではなんとなく、今年の五月が物語の始まりのような気がしていたけれど、タックんにとっては違うんだ。

彼にとっての物語は、十年前から始まっていた。

たぶん、私を初めて見た日から。

お葬式の日——美羽《みう》を引き取ることを決めた日。

あの日は私にとっても、母親という新しい物語の始まりだったけど——同時に、私とタックんの物語の始まりでもあったらしい。

私が気づけなかっただけで、私達の物語は、ずっとずっと前から始まっていた。

「当然、最初は上手《うま》くいかなかったし、後悔や不安もたくさんあった。でも今こうして、綾子《あやこ》さんと両想《おも》いになれて、子供まで授かって……本当に本当に、夢みたいに幸せです」

「ちょっと……やだ、どうしたの？　改まって」

「改めて、言いたいんです」

言葉通り、タックんは居住まいを正した。

まっすぐ私を見つめてくる。

その真剣な眼差《まなざ》しに、どきりと胸が跳ねる。

「夢みたいに幸せな今を、これからもずっと続けていきたい。告白してからの半年、目まぐるしくいろんなことが変わっていく日々だったけど、綾子《あやこ》さんを想《おも》う気持ちだけはずっと変わらない。それどころか、日増しに大きくなるばかりです。やっぱり俺は……綾子《あやこ》さんのことが大好きです」

聞いてるこっちが恥ずかしくなるぐらいの恥ずかしいことを、タッくんは極めて真面目な顔で言う。

そして——自分のポケットの中に手を入れた。

「これからも一生、あなたを愛し続けると誓います」

だから。

と言って。

ポケットから取り出したものを、私に差し出す。

「俺と結婚してください」

それは——指輪だった。

開かれた小箱の中に、輝く指輪が収まっている。

「…………」

言葉を失ってしまう。

状況に頭が全くついていかない。

「……う、嘘《うそ》……どうし……ええ？」

全く状況が飲み込めず、慌てふためくことしかできない。

「ど、どうしたの、これ……？」

「買いました」

「え……だって、こんな高そうな指輪……」

「恥ずかしながら、そんなに高いものじゃないですよ……。でも一応、俺が自分で稼いだお金で買ったものです」

タッくんが稼いだお金。

大学に入ってからは、家庭教師のバイトをやっている。

美羽《みう》以外にも何人か担当しているとは聞いていた。

今回のインターンでも、三ヶ月分のお給料はもらえたとは聞いている。

あと……専業主夫になると決めてからは、短期のバイトを何個も詰め込んでいた。なにもそこまで急に働くことないのに、とは思っていたけど。

まさか——

「一応、こういうことはちゃんとしておきたくて」

驚き冷めやらぬ私に、タッくんは困ったように笑って続ける。

「急な妊娠があったから、結婚の話もまとまらないまま、お互いの両親の顔合わせが始まっちゃって……なんていうのか、なあなあで話が進んでる感があったじゃないですか。どこかでちゃんとプロポーズしたいとは、ずっと思ってたんです」

「…………」

「できるだけ早くしたいとは思ってたけど、でも適当にはしたくなくて……」

「…………」

ああ——

バカだなあ、私は。

結婚できるかな、なんて不安になっちゃって。

こんなに素敵な相手がいるのに、一人でなにを心配してたんだろう。

「……もう、バカね。タッくんったら」

つい悪態を吐いてしまう。

だって……無理にでもそうやって強がってないと、涙が止めどなく溢《あふ》れてしまいそうだったから。

でも……やっぱり無理。

どれだけ堪えようとしても、涙が出てきてしまう。

こんなの耐えられるわけがない。

指輪の入った小箱を受け取り、じっくりと見つめる。

小ぶりながらも綺麗《きれい》なダイヤが収まっている。

決して安いものじゃないと、一目でわかる。

「自分で稼いだお金なんだから、もっと好きなもの買えばよかったじゃない。指輪なんてどうでもよかったのに……」

「どうでもよくないですよ。というか、俺としては好きなものを買ったつもりですから」

「もう。またそういうこと言って」

「いやでも……そんな大してしないですから」

どこか申し訳なさそうに続けるタッくん。

「本当ならもっと、大々的にいろいろやりたい気持ちもあったんですよ。レストラン予約してフラッシュモブ使ったりして……。でも今の綾子《あやこ》さんを雪の中連れ出したりはしたくなかったんで……。暖かくなるまで先延ばしにするのもなにか違うと思ったから……なんか、全体的に低予算なプロポーズになっちゃって」

「……ううん。十分よ」

十分すぎる。

これ以上のプロポーズはない。

だって——告白のときと全く同じ場所だもん。

五月。

タッくんが、初めて私への想《おも》いを語ってくれたとき。

私が彼の想《おも》いを知った日。

告白と同じシチュエーションでプロポーズなんて、なんだかとてもロマンチックで素敵な気がする。タッくんがどこまで狙ってるのかはわからないけど、私にとってこれ以上のプロポーズはない。

「えっと……それで、返事の方は？」

私が一人で感極まっていると、タッくんが不安そうに尋ねてきた。

ああ、失敗失敗。

ついうっかり返事を忘れていた。

返事なんて、するまでもないけど。

こんなときどういう風にするのが正解かはわからないけど、私は溢《あふ》れ出《で》る気持ちのままに、とりあえずその場で立ち上がった。

そしてタッくんに近づき、勢いに任せて——といってもお腹《なか》には細心の注意を払いながら、思い切り抱きつきに行く。

「喜んで！」

胸に飛び込むと、タッくんは包み込むように私を抱き締めてくれた。

今年の聖夜は、本当に特別な夜になった。

♠

プロポーズが終わった後、綾子《あやこ》さんは大いに浮かれた。

指輪をじっと眺めたり、二人で指輪を嵌《は》めて記念写真を撮ったり。

料理もどんどん食べて、シャンメリーもどんどん飲んで、ノンアルコールなのにまるで酔っ払ったぐらいの浮かれ方をして——

「……すぅ」

最終的には、テーブルに突っ伏して眠ってしまった。

見ているこっちが嬉《うれ》しくなるような、幸せそうな寝顔で。

やれやれ。

こんなところで寝たら体に悪いだろうに。

あとで部屋まで運んであげないと。

「あれ？　ママ、寝ちゃったの？」

綾子《あやこ》さんにタオルケットをかけていると、美羽《みう》が二階から降りてきた。

「ああ、今、寝たとこ」

「ふぅん。それで……プロポーズは？」

「したよ」

「そう。結果は……なんて、聞くまでもないか」

やれやれと笑って軽く肩を竦《すく》める。

今日のプロポーズについては、美羽《みう》には事前に伝えてあった。

頃合いを見て俺達を二人きりにしてくれるよう、頼んでおいたのだ。

「……あー、緊張した。断られなくて本当によかったよ」

「断られるわけがないでしょ。勝ち確も勝ち確だよ」

「わかんねえだろ。やっぱり定職に就いてない男は嫌だって思ってたかもしれないし……」

「その話はもう終わってたじゃん」

「指輪だって全然高くないし」

「いや十分高いって。今日に間に合わせるために、必死に短期のバイト詰め込んで買ったんでしょ？」

「本当は結婚指輪だけじゃなくて、婚約指輪も買いたかったし……。プロポーズだってもっと大々的にしたかった。あと……本当なら結婚式だって」

「大丈夫だってば。ママは絶対喜んでるし、不満なんて全くないと思うよ」

大仰に溜息《ためいき》を吐く美羽《みう》。

「もう……タク兄って本当、自己評価低いよね。謙虚通り越して卑屈なぐらい。三十過ぎのおばさんにはもったいないぐらいのイケメンムーブしてるように見えるのに、本人はすっごく自信なさげ」

「……しょうがねえだろ」

ゆっくりと椅子に座りつつ、俺は言う。

「自信なんてねえよ。いつだって……いっぱいいっぱいだ。ゲームとかと違って、なにが正解かなんてわからないからな……」

ゲームならば、きちんとした攻略法があるのだろう。

正解の選択肢を選び続ければ、ハッピーエンドに辿《たど》り着《つ》けるのだろう。

でも——現実は違う。

どれが正解の選択肢かなんてわからない。

専業主夫になるという決断や、今回のプロポーズ。

俺なりに必死に考えて考えて最適解を目指したつもりだ——でも、それが本当に正解かどうかなんて、誰にもわからない。

「……そっか」

神妙に頷《うなず》きながら、美羽《みう》もまた椅子に座る。

そして残っていた自分のグラスにシャンメリーを注ぐ。

「まあ正解不正解で言うなら……このタイミングでママを妊娠させちゃったのは、間違いなく不正解だろうしな」

「……ぐふっ」

そ、それはなあ。

それを言われたら反論のしようがないなあ……。

苦悩するしかない俺を見て楽しげに笑った後、

「ねえ、タク兄、覚えてる？」

と続けた。

「今年の五月……タク兄の誕生日の夜、私、途中で抜けたでしょ？」

「ああ」

忘れもしない。

美羽《みう》が『眠い』と言って抜けて、俺達は二人きりになった。

その場で俺は……思い切って告白したのだから。

「あれだけどさ——実は私、わざと抜けたんだ」

「……え？」

「別に眠くもなかったけど、ちょっと抜けてみたの。タク兄とママと二人きりにさせてあげようと思って」

「…………」

「あはは。だいたいさあ、あんな時間に眠くなるわけないじゃん。お酒の匂いだけで酔っ払うわけもないし」

あっけらかんと言う美羽《みう》に、俺は唖然《あぜん》とする他なかった。

今更になって明かされる衝撃の真実だった。

「タク兄がママに惚《ほ》れてるのはわかりきってたし、私なりに気を遣ってみたわけ。なにかしら進展があったら面白いだろうなあって。まあ……まさか一気に告白までしちゃうとは思わなかったけど」

「……っ」

「その結果……タク兄は一回フラれちゃったしね。あのときは私もさ、ちょっとは責任感じたりしたんだよ？　私が余計なことしたせいで、二人の関係がこじれちゃったって」

「美羽《みう》……お前が――」

責任を感じることじゃない、とフォローを入れるより早く、

「でも！」

と美羽《みう》は勢いよく続けた。

「今となっちゃ、むしろ感謝してほしいぐらいだけどね！　全てが私のおかげ！　私の粋な計らいこそが二人を結びつけた！　私こそがキーパーソンであり、キューピッド！　この功績はあまりにも偉大！　お小遣いをもらっていいレベル！」

「……」

テンションのアップダウンについていけず、俺がなんとも言えない気分になっていると、美《み》羽《う》は小さく息を吐いた。

注いだシャンメリーを少し飲んでから、

「まあ、なにが言いたいかっていうとさ」

と静かな声で付け足す。

「なにが正解の選択肢だったかなんて、結構後になってみなきゃわからないってこと」

「……」

「タク兄の誕生日に一芝居打ったこと……後悔したことや『間違った』って思ったこともあったけど、今じゃ本当にやってよかったって思ってる。案外、そんなもんじゃない、正解不正解なんてさ」

「……かもな」

「それにさ、なにより大事なのは……結局気持ちじゃん。正解を選ぼうとする気持ちが一番大事なわけで、その強い想《おも》いがあれば、たとえ不正解の選択肢だったとしてもいつか正解にできる可能性があったりなかったりするのかも」

「適当だな、おい」

適当な言い回しだったが——でも、言いたいことはよくわかった。

俺が選んできた、様々な選択肢。

なにが正解でなにが不正解なのかは、現時点じゃわからない。

ゲームみたいに、選べばフラグが立ってハッピーエンドに辿《たど》り着《つ》ける選択肢なんて、最初から存在しないのかもしれない。

「要するに……これからなんだよな」

これから。

全ては——これからだ。

プロポーズが成功して、なんだか一段落したような気分になってしまったけれど、俺達の物語はまだまだ終わらない。

これからずっと、彼女と共に生きていく。

選んできた選択肢の正解不正解が決まるのは、きっとこれからなんだ。

「選択肢の正解不正解なんて、後からいくらでも変わる。以前の選択を振り返って、それを正解だって思えたとき……人はそういうものを、運命って呼ぶのかもな」

運命の相手。

運命の出会い。

それは――後付けで決まるものなのかもしれない。

最愛の人と今を幸せに生きることができたなら、その人との過去の全てが、予《あらかじ》め定められていた運命だったように思える。

俺としてはそこそこいいことを言ったつもりだったのだが、

「……いや、それはちょっと臭いよ、タク兄。運命って」

美羽《みう》は若干引いた様子だった。

おい。ここに来て引くなよ。

なんかそういうこと語っていい空気だったじゃないか。

「まあでも……そんな感じだよね」

苦笑しつつ、美羽《みう》は言う。

「みんなが幸せに生きてければ、ぜーんぶ正解だったことになるんだよ。うっかり『できちゃった婚』したことだって、十年後、みんなが笑って暮らしてれば『むしろこれでよかった』みたいなノリになるから」

そう言うと美羽《みう》は、グラスを俺に向けて掲げた。

「ちょっぴり年上のママだけど、これからもよろしくね、タク兄」

「……おう」

「あとついでに、かわいいかわいい娘と、これから生まれるベイビーちゃんのことも末永くよろしく」

「わかってるよ」

俺もグラスを手に持ち、美羽《みう》のグラスと軽く合わせた。

軽やかな音が響く。

このしっかり者の娘と、幸せそうに眠る最愛の人の寝顔に誓おう。

これから先ずっと、一生かけて、この家族を幸せにする——

いや。

俺も含めて家族全員で、幸せであり続ける、と。

これまでの全ての日々が、正解であり運命だったと思えるように——

第五章
余韻と日常

♥

瞬《また》く間《ま》に月日は流れていく。

年が明け、雪も溶け、草木が芽吹き、暖かい季節がやってくる。

聖夜のプロポーズから、あっという間に四ヶ月が経過した。

当然ながらイベントが盛りだくさんで、なにかと忙しい日々だった。

お正月、バレンタイン、ホワイトデーみたいな季節イベント。

美羽《みう》やタッくんの進級といった、学生のイベント。

様々な行事をこなしながら、私達は日々を生きていく。

私個人はというと、お腹《なか》はどんどん大きくなるけど時期的には安定期に入り、悪阻《つわり》もすっかりなくなって、比較的平和な妊婦生活を送っていた。

「……あーっ、えー、嘘《うそ》ぉっ！　ここで終わりっ⁉」

とある日曜日の朝。

リビングのソファに座った私は、テレビの前で絶叫した。

隣にはタッくんが座ってる。

「くぅ～……相変わらず『ラブカイザー』はいいところで終わるわね」

「今週も衝撃展開でしたね」

「ええ、まさか……主人公が保有していた仮想通貨がここにきて大暴落するなんて！　手堅く儲《もう》けてたと思ったのに……！」

私達が見ていたのは——もちろん、ラブカイザーである。

二月から新シリーズ『ラブカイザー・メタ』が始まった。

ちなみに。

タッくんとは三月に婚姻届を出し、正式に夫婦となっている。

三月十五日が結婚記念日となる。

ちなみにその日は……私が愛して止《や》まない『ラブカイザー・ソリティア』こと、水鶏島灯弓《くいなじまひゆみ》の誕生日だったりする。

……いや、別に、どうしてもその日がよかったわけじゃないけど！

三月ぐらいに出そうって話になったから、じゃあどうせならヒユミの誕生日にしちゃいましょうかってなっただけで……。

タッくんはその後、大学の春休み中にこっちの家に越してきた。

おかげで一緒にいる時間がかなり増えた。

日曜日は——必ず二人で『ラブカイザー』をリアタイ視聴するようにしている。

「いやー、それにしても……今年のラブカイザーには本当に驚かされたわ。まさか——メタバースや仮想通貨を主軸に据えたシリーズを展開してくるなんて」

「最先端のトレンドを取り入れてきましたよね」

「メタバース空間で、仮想通貨を消費……『バーン』して変身するっていう設定には脱帽するしかないわ。仮想通貨をハッキングしようとしてくる敵と主人公サイドが必死に戦って、でも……メタバース空間で高度な演算を用いて行われるその戦いが、結果としてある種のマイニングになっている……」

「主人公達を支援してると思われた財団が、実は両者の戦いを仕組むことによって大金を稼いでいる……深い。深いですよ」

「子供向けとしてどうなのかと思ったけど……むしろこれは子供にこそ見せるべきね。今の時代を生きる全ての子供に見てほしい」

「めちゃめちゃ勉強になりますよね。俺、ブロックチェーンとかNFTとかよくわかってなかったですけど、今回の『ラブカイザー・メタ』のおかげで結構詳しくなりましたもん」

「主人公のキャラもいいわね。守銭奴っぽい性格で、金がもらえなければ変身しないし、助けた相手には報酬と経費をきっちり請求する」

「従来のヒーロー・ヒロイン像からはかなり乖離《かいり》してるというか、これまでなら悪役として描かれるようなキャラ造形ですよね」

「そう！　そのアンチテーゼっぽい感じがいいの！　『ヒーローなら無償で人を助けて当たり

前』『ヒーローが金儲《かねもう》けに走ることは悪』っていう、前時代の風潮に一石を投じる新たなヒーロー像を構築してると言っていいわ！」

「なんていうか……現代的ですよね。ヒーローと言えど一人の人間で、自分の生活や人生がある。主人公も単なる守銭奴っていうわけじゃなくて、自分が無償……あるいは格安で戦うことで、それが社会にとって普通……市場にとっての相場になることを危惧している感じですし」

「資本主義ってそういうことよね。全ては相場で決まるものだから」

「このシリーズ見てると、マネーリテラシーがぐんぐん育ってる感じがあります」

「私も私も。株式投資＝ギャンブルみたいなイメージしか持ってなかったけど、ガラッと価値観が変わったわ。円で貯金してれば安心、みたいな時代はもう終わったのかもしれないわね……」

ああ、楽しい！

ニチアサを旦那とリアタイ視聴できるなんて、幸せ！

「じゃあ俺、そろそろ家事を――」

「えー、まだいいじゃない」

立ち上がろうとしたタッくんの手を摑《つか》んで止める。

「もう少し『ラブカイザー』タイムと行きましょう」

「え？　でも、終わったんじゃ」

に切り替える。

「過去作を配信で見るのよ！」

返事も待たずにリモコンを操作し、テレビ画面を地上波から動画配信サービスのチャンネルに切り替える。

お気に入りに登録してある、『ラブカイザー』の項目を選ぶ。

「ふふ～ん、どれにしようかしら？　……うん、やっぱりここは不朽の名作『ラブカイザー・ジョーカー』ね！　この前、途中まで見て止まってたし」

「『ジョーカー』なら、綾子《あやこ》さん、ブルーレイ持ってるんじゃ」

「ふっ。甘いわね、タッくん。円盤で持ってる作品もあえて配信で見て、再生回数に貢献する。それが真の推し活というものよ！　こうして今も『ジョーカー』が人気あることをアピールしてれば、ダンバイさんが新しい玩具を出してくれるかもしれないからね！」

「……さすがですね」

若干引き気味のタッくんだった。

まあ……シンプルにブルーレイを出し入れするのが面倒臭いっていうのも結構大きいんだけど。過去の名作シリーズの多くが月額動画サービスで見放題だなんて、本当に素晴らしい時代になったものだわ。

「きっと、この子も喜んでくれてるはずよ」

大きくなったお腹《なか》をさすりながら、私は言う。

「お腹《なか》にいるうちから『ラブカイザー』を見られるんだからね」

「……百歩譲って普通のシリーズならいいと思いますけど、『ジョーカー』は胎教にはよくないと思いますよ……。歴代で最も殺伐としてて最も凄惨な話ですから。ラブカイザー同士が殺し合うっていう、現代じゃまず放送できないストーリーですし……」

「い、いいの！　この子はこういうのを見て強く育つの！」

お腹《なか》をさすりながら訴える。

……まあ、さすがに生まれてからは、ちょっと控えましょうかね？　小さいうちはもっと平和でポップなシリーズから入って、『ジョーカー』を見せるのは十二歳……いや、十五歳ぐらいからかなー。

「……それにしても」

タッくんが私の方をじっと見つめる。

「大きくなりましたね、お腹《なか》」

手を伸ばし、優しく撫《な》でてくる。

「ほんとよねー。一目で妊婦ってわかるぐらいになってきたわ」

ここ最近、急激に大きくなってきた。

肉割れに備えてクリームなんかも塗り始めている。

「なんか……ここにいる、って気がします」

「ふふっ。なにそれ？」

タッくんが優しく撫《な》でてる、そのときだった。

トン、と。

お腹《なか》の中から、外への軽い衝撃があった。

「あっ。今……！」

「うん、蹴ったみたい」

目を輝かせるタッくんに、私は頷《うなず》く。

「うわーっ、すごい！　やっと蹴ってるときに触れた！」

本当に嬉《うれ》しそうに笑う。

今までもお腹《なか》を蹴ったことは何度かあったけど、タッくんが触れてるときに蹴ったのは今日が初めてだった。

私が『蹴った』と教えるといつも慌てて触りに来るけど、いざ触ったら無反応、みたいなパターンが多かったから、タイミングが合ったことは相当嬉《うれ》しいみたい。

「ふふっ。そろそろパパが触るとわかるようになってきたかなー？」

「わかってるのかなあ？　おーい、パパですよー」

笑い合う私達。

幸せってこういうことなのかな、って思うぐらい幸せだった。

「はあ……赤ちゃんが育ってるのは嬉《うれ》しいんだけど……これ以上大きくなると日常生活が大変になってくるわよね」

足の爪を切ったり、靴下を穿《は》いたりするのがしんどくなってきた。

まあ、その辺は結構前からタッくんにやってもらってるんだけど。

最初はすごく恥ずかしかったけど、段々と慣れてきた。

「お腹《なか》だけじゃなくて……胸もちょっと大きくなってきたし」

「……っ」

ボソッと言うと、タッくんが一瞬動きを止めた。

「や、やっぱりですか」

「やっぱりって……気づいてたの？」

「そりゃ、まあ」

「まあって」

さすがのタッくんだった。

「妊娠すると、大きくなるのが普通らしいのよね。体が母乳をあげるための準備を始めるみたいで」

はあ……やだなあ。

これ以上大きくならなくていいのになあ。

「母乳……」

「……なにか変な想像してない？」

「か、考えてないです！」

ジッと睨《にら》むと、タッくんはぶんぶんと首を横に振った。

「ただ……子供が生まれたら、やっぱり母乳とかあげていくわけじゃないですか」

「そりゃね」

「綾子《あやこ》さんはこれから、子供におっぱいをあげていくわけで……だから、なんていうか、もうすぐ俺だけのものじゃなくなるんだなあ、とがっかりして」

「……ぷっ。あはは。なに、それ」

思わず噴き出してしまった。

呆《あき》れる反面、彼らしい独占欲をちょっと嬉《うれ》しくも思う。

「もうっ。元からタッくんのものじゃないでしょ？」

「そうなんですけど」

「まったく……。ふふっ、それじゃあ、今のうちに満喫しとく？」

「え？」

「なーんて……え？」

軽い冗談のつもりだったのに、タッくんは予想以上に食いついてきた。

めっちゃ見てくる。

マジの顔になっている。

「……それじゃ、お言葉に甘えて」

「いやいや！　待って待って！」

身を乗り出してくる彼を慌てて制する。

「な、なに考えてるのよ、こんな日曜の朝から……」

「そんな……誘ってきたのは綾子《あやこ》さんなのに」

「誘ったわけじゃないってば！　もう……タッくん、最近ちょっと元気がよすぎるわよ？　昨日だって……」

「それはまあ、ほら……ようやく安定期に入ったわけですから」

「そうだけど……」

言い合いしながらも、段々と距離を詰めていく私達。

私の方も抵抗しているのは……まあ演技ってほどでもないけど、ある程度お約束をやってるみたいなところはある。

付き合いも長くなれば、なんとなくわかってくる部分もある。

今は……イチャイチャする空気！

ならば、たっぷり満喫させてもらおう。

子供が生まれたら、たぶんそれどころじゃなくなるわけだし。

「…………」

「…………」

無言で見つめ合う。

そのままゆっくり顔を近づけて——

「ふわーあ、おはよう—」

「「〜〜っ!?」」

バッ、と。

凄《すさ》まじい勢いで距離を取る私達。

リビングに美羽《みう》があくびを嚙《か》み殺《ころ》しながら入ってくる。ニチアサのアニメが終わるような時間になって、ようやく起きてきたらしい。

「お、おお、おはよう、美羽《みう》」

「……どうしたの、そんな慌てて」

「なっ、なんでもないわよ、ねー、タッくん」

「そ、そうですよ」

「今週の『ラブカイザー』がすごく面白かったからね！　それのトークで熱く盛り上がってただけで……本当にそれだけで」

あ、危なかったーっ！

美羽《みう》がいること完全に頭から抜けてた！

「ああ、今日、日曜日か」

呆《あき》れたように言う美羽《みう》。

「まったくご苦労さんだよね。せっかくの日曜日なのに早く起きて」

「全然早くないわよ。美羽《みう》は寝過ぎ」

「どうせ録画してるんじゃないの？」

「録画しててもリアタイで見るの！」

「あー、そうですかそうですか」

私の熱弁を適当に流す美羽《みう》。

「美羽《みう》も今回のは一緒に見てみない？　今からならまだ追いつけるわよ。今年のシリーズはね、本当に傑作になる予感がするから、見なきゃ絶対損」

「ママ、それ毎年、言ってるじゃん」

「……毎年傑作なのよ。毎年、見なきゃ損なの」

毎年、面白い。

『あれ？　今年は外れ年かな？』とか思っても最後まで見たら大体面白い。

『いやいや、今年のデザインちょっと攻めすぎじゃないの？』とか初見で思っても、一ヶ月も見てれば慣れるし、最終章に入る頃には愛着が湧きまくってる。

私が何歳になっても面白い。

それが『ラブカイザー』シリーズである。

「ママ、子供が生まれたら、めっちゃ『ラブカイザー』見せそうだよね。求めてもないうちから、ガンガン玩具買い与えそう」

「う……」

「子供に自我が芽生えないうちからコスプレさせそう。二歳ぐらいから映画館に連れてって、そして子供が泣いたりポップコーン零《こぼ》したりして、他のお客さんに迷惑かけそう」

「そ、そんなことしないわよ！」

たぶん。

「別にね、無理やり『ラブカイザー』を強要したりはしないわよ？　そういう押しつけがましい親にはなりたくないから。でも、まあ……子供が自分から欲しいっていったら買い与えたいと思うし……それにほら、『ラブカイザー』は幼児教育にもとってもいい気がするから！　だから、それとなーく、見始めるように誘導していけば、いずれ自発的に……」

「タク兄、お願いね」

「わかってる」

私を無視する美羽《みう》と、重々しく頷《うなず》くタッくんだった。

あれ？　タッくんまでそっち側？　私が子供に『ラブカイザー』グッズを買い与えまくると思って、警戒してる？

やるせない気持ちになる私だったけれど、美羽《みう》はそんなこっちの葛藤を無視して近づいてきて、優しくお腹《なか》に触れる。

「早く生まれてこないかなあ、私のかわいい妹」

「今生まれても困るけどね。早産も早産よ」

「わかってるってば。でも……あれ？　まだ女の子って確定したわけじゃないんだっけ？」

「うん。まあ、たぶん女の子だって言われてるけど」

エコー検査で何度か写真を見せてもらった結果、たぶん女の子だと言われた。

アレが見えないので。

胎児の性別は、アレが見えるか否《いな》かで判断するっぽい。

男だとわかる場合、エコーでお股のアレが『見えた』瞬間に判断できるので、的中する確率が高い。

しかし女の子の場合、アレが『見えない』から女の子と判断されるわけだけど……実はアレが隠れてて見えなかっただけ、とかのパターンがあるらしく、生まれてみたら実は男でした、みたいなパターンがたまにあるとか。

「ふぅん。そっか。ママはどっちがいいとかあるの？」

「どっちでもいいわよ。元気に生まれてきてくれれば」

「うわー、テンプレートな解答」

「うるさいわね……」

美羽《みう》はお腹《なか》を撫《な》でたまま、タックんの方を向く。

「タク兄は？」

「どっちかと言えば女の子かなあ。本当にどっちかと言えば、だけど」

「タク兄、娘が生まれたら溺愛しそうだもんね」

「しそうだなあ」

「なんなら、今ここにいる十六歳の娘をもっと溺愛してくれてもいいんだよ？　現金とかで」

「はいはい」

美羽《みう》の冗談を、タックんは笑って流す。

そんな二人を見ていて、私も微笑《ほほえ》ましい気分になる。

私の大切な、夫と娘。

大切な大切な家族。

この三人で、四人目の家族を迎える準備をしている。そのことがなんだか途方もない幸福のように思えて、うっかりすると涙が出てきてしまいそう。

「あ。そういえばさ、名前ってもう決まったの？」

「一応、決まったわ。ねえ、タッくん」

「どうにか決まりましたね」

「へー、そうなんだ。でも大丈夫なの？ まだ性別確定したわけじゃないのに」

「大丈夫よ。男女どっちでもいける名前にしたから」

あんまり突拍子もないわけでもなく、かと言って無難すぎず。

新しすぎず、古すぎず。

キラキラネームじゃないけど、シワシワネームってわけでもなく。

画数も決して悪くなく。

なんかそれっぽい意味があって。

そして——男女どちらでもいける名前。

あれこれと二人で考えて、どうにか納得できるものを考えついた。

そこに至るまでの道程《みちのり》は……並大抵のものではなかった。

「……大変だったわよね、タッくん」

「……ええ。本当に」

「……うっかり画数調べちゃったのが最大の失敗だったわね」

「……あれが地獄の入り口でしたね」

いざ決定した名前をちょっと調べて画数が悪かったりすると……ものすご—く気になってし

まう。

『画数なんて気にしない、なんの根拠もない』って思おうとしても、いつまでも心の隅っこに引っかかってしまう感じ。

『将来この子が自分の画数調べたらどうしよう』とか考えちゃう。

『これから先、なにか不幸なことが起きるたびに「やっぱり名前の画数が悪かったから」って私は思っちゃうのかなあ』とか心配しちゃう。

ああもう、本当に大変だった！

お姉ちゃんは美羽《みう》の名前決めるとき、『深い意味なんてない。語感がいい名前』って言ってたけど……その割り切り方と決断力を今になって尊敬する。

「なんだ、もう決まってたのか。私が考えたかったのになあ」

若干つまらなそうな顔をしつつも、どこか納得した様子の美羽《みう》。

「それで、なんて名前になったの？」

「えっとね」

「まさか……『ラブカイザー』のキャラの名前じゃないよね？」

「そそっ、そんなわけないでしょ！」

ギクリと身を強《こわ》ばらせてしまう。

そのパターンは……結構本気で検討したけど！

好きなキャラそのままとか、好きなキャラの読みだけもらって漢字は変えるパターンとかも真剣に検討したけど！

でも……ギリギリで、ギリギリでどうにか自主ボツにした。

「この子の名前はね……うーん、どうしようかなあ。やっぱり生まれるまで内緒にしておこうかなあ」

「もったいつけないでさっさと教えてよ」

「もう。わかったわよ」

お腹《なか》を撫《な》でながら、私は言う。

「この子の名前は——」

第六章
結婚と挙式

♥

「──翼《つばさ》」

振り返り、娘の名前を呼んだ。

控え室のドアから、ひょっこりと顔を出している。

ぱっちりとした目に、栗色《くりいろ》でクセのない髪。今日は結婚式ということで、ワンピースのドレスを身につけ、頭には白い花飾りもつけている。

天使のように愛くるしい愛娘《まなむすめ》。

年は今年で──もう五歳になった。

「ママーっ！」

翼《つばさ》は私を見ると表情を輝かせて走ってくるけど、

「──はい、ストップ」

「あうっ」

後ろから両肩を摑《つか》まれ、急停止させられる翼《つばさ》。

私のもう一人の愛娘《まなむすめ》──美羽《みう》だった。

「ダメだよ、翼《つばさ》。ママは今、着替えたところなんだから」

「えーっ、なんで?」

不服そうな翼《つばさ》に、窘《たしな》めるように美羽《みう》は言う。

「借り物の高ーいドレスなんだから、汚したり破ったりしたら大変でしょ?」

「怒られちゃう?」

「怒られるっていうか……お金をたくさん取られるの」

「ふーん、そっかー」

わかったのかわからないのか、とりあえず素直に頷《うなず》く翼《つばさ》だった。

そんな二人のやり取りを見ながら、私はゆっくりと立ち上がる。

着慣れないドレスだから、立ち上がるのも一苦労。

改めて——美羽《みう》を見つめる。

レースがかわいらしい、青を基調とした華やかなパーティードレス。ハイウエストな仕上がりであるため、美羽《みう》のスタイルのよさが目立つ。

なんだかいつもよりグッと大人っぽく見える。

まあ、もう大人と言えば大人なんだけど。

高校を卒業し、今は仙台で大学に通っている。

家を出て一人暮らしをしているし、年もちょうど二十歳《はたち》になったところ。

大人と言えば大人、子供と言えば子供。

なんとも難しい年頃ね。

「綺麗《きれい》だね」

ふと、美羽《みう》は言った。

「よく似合ってるよ、ママ」

「ほ、ほんとに？」

「うん。馬子《まご》にも衣装って感じ」

「……それ、娘が母親に言う台詞《せりふ》じゃないわよ」

「あはは。嘘々《うそうそ》」

軽く笑った後、改めて言う。

「本当に似合ってるよ。よかったね、ようやくウェディングドレスが着られて」

「……ちょっぴり恥ずかしいんだけどね。アラフォーなのに今更結婚式やって、こんな派手なウェディングドレス着ちゃって」

そう。

翼《つばさ》を産んでから、早五年。

ずっとアラサー、アラサーと言い続けてきた私も……とうとうアラサーを名乗るのは限界がきてしまった。

もはや完全なるアラフォー。

この年になって純白のドレスを着るのは、結構思うところがあったりしたのだけど——

「年は関係ないよ」

美羽《みう》は言う。

「誰がなんと言おうと、今日はママが主役なんだからさ。一生に一度の大イベントなんだから、恥ずかしがってたらもったいないよ」

そう言った後、翼《つばさ》の方を向く。

「翼《つばさ》。ママ、綺麗《きれい》だよね」

「うん、すっごく綺麗《きれい》っ。お姫様みたい！」

満点の笑顔で言う翼《つばさ》。

「そうだね、お姫様みたいだね」

美羽《みう》も同意する。

「今までずーっと私達のために頑張ってきてくれたんだからさ。今日ぐらいはお姫様になっちゃっていいんだよ」

「美羽《みう》……」

胸からこみ上げてくるものがある。

目頭が一気に熱くなる。

「う、うう……美羽《みう》ぅ。ありがとう、ありがとねぇ……」

「ちょっ！　早い、早いって！」

大慌てでティッシュを取りに行く美羽《みう》。

「もう、なにやってるの……？　メイクが崩れるでしょ？」

「だ、だってぇ……」

「今から泣いてるようじゃ、今日一日が心配だわ……」

私は顔を突き出して、涙を美羽《みう》に拭いてもらう。

メイクを落とさないように、折り畳んだティッシュで、ちょんちょんと。

「お姉ちゃん、翼《つばさ》もちょんちょん、やりたい！」

「ダメダメ。ちょっと待ってなさーい」

零《こぼ》れた涙を拭き終わったタイミングで――ドアがノックされる。

返事をすると、

「――綾子《あやこ》」

聞き慣れた声と共に、ドアが開いた。

現れたのは、白いタキシードに身を包んだ青年。

長身で細身なのに結構筋肉質で、男らしい魅力に溢《あふ》れた体型。

専業主夫歴も長いのに、体型は二十歳《はたち》の頃と全く変わっていない。

……なんで変わらないのかしら？　私なんてこの五年で○キロ太って、ウェディングドレス着るために死ぬほどダイエットしたのに……！

　体型は変わらないけど、顔つきは少し変わった。

　まだどこか幼さを残していた二十歳《はたち》の頃とは違い、今ではすっかり青年の、精悍《せいかん》な顔つきとなっている。

　愛《いと》しい愛《いと》しい、私の旦那様——

「パパーっ！」

　翼《つばさ》が彼に駆け寄っていく。

「おっと。はは」

　受け止めた後、慣れた様子で翼《つばさ》を抱き上げる。

「翼《つばさ》もここにいたのか」

「うんっ、お姉ちゃんに連れてきてもらったの」

「ママに会いたいって聞かなくてさ」

「そうか。お父さん達は？」

「もうみんな揃《そろ》ってるよ」

　今日のスケジュールは、挙式の前にまず親族紹介がある。

　まあ親族紹介と言っても、歌枕《かつらぎ》家と左沢《あてらざわ》家はすでに何度も顔を合わせているし、盆と正月は一緒に祝ったりしてる仲なので、本当に形だけ。

記念写真を撮るために集まる感じである。

「タッ──」

声をかけようとして、一瞬言葉を飲み込む。

危ない危ない。

もうこんな呼び方はしていないんだった。

さっきまで回想に浸っていたから、つい昔の呼び方をしそうになってしまった。

十歳の頃からそう呼んでいるせいで、なかなか変えるタイミングが摑《つか》めず、付き合ってからも結婚してからも、しばらくは『綾子《あやこ》さん』『タッくん』って呼び合う関係だったんだ。

そんな初々《ういうい》しい関係も、今となっては懐《なつ》かしい。

「──巧《たくみ》」

私が呼ぶと、巧《たくみ》は翼《つばさ》を抱いたままこちらを向いた。

目を少し見開き、驚いたような顔をする。

一瞬の間があってから、

「すごく綺麗《きれい》だね。よく似合ってるよ」

と言った。

少し照れ臭そうに、でもはっきりと。

「ええ？　ほんとに？」

「本当に」

「ありがとう。巧《たくみ》もタキシード、似合ってるわよ」

「本当に？」

「ほんとほんと」

「そっか。あはは」

「うふふ」

私達が微笑《ほほえ》ましい気分に浸っていると、

「……いや、なにこの新婚みたいな空気？」

美羽《みう》がげんなりとしていた。

「結婚してもう五年も経《た》ってるのに……いつまでこんな付き合い立てみたいな空気出してるの？」

深々と息を吐く。

「だいたいタク兄、ママのドレス選びにずっと付き合ってたんだから、さすがにもう見飽きたんじゃないの？」

「全然見飽きないね。何回見ても楽しいし、見るたびに幸せだ」

堂々と言う我が夫。

嬉《うれ》しいやら、恥ずかしいやら。

子供の前でも全く躊躇《ちゅうちょ》なく愛を語ってくれるのよね。

「……でも本当に、巧《たくみ》には感謝してるわ。私、自分がウェディングドレスを着られるなんて、思ってなかったから」

美羽《みう》を引き取ったとき、母親になる覚悟を決めた。

普通の恋愛より、美羽《みう》のために人生を捧《ささ》げようと思った。

結婚も結婚式も経験せず、私は母親となった。

その後——紆余《うよ》曲折《きょくせつ》を経てお隣の大学生と交際するけど……予想外の妊娠。からの出産。

そして育児。

結婚式をあげてる暇なんてなかった。

少しだけ寂しく思いながらも、しょうがないことだと諦めていた。

でも。

翼《つばさ》が五歳となり、子育ても一段落したところで、彼が提案してくれた。

結婚式をやろう、と。

今日までの間、私よりもずっと一生懸命に準備を進めてくれた。

「ありがとね、巧《たくみ》」

「いや、いいんだよ。俺がやりたくてやっただけだから。結婚式ができなかったこと、ずっと心残りだったし」

　そこで彼は、くしゃっと笑う。

　すっかり大人になった彼だけど、笑うと少し子供っぽくなる。

　十歳の、少年だった頃の面影が残っている——

「こっちこそありがとう。本当に嬉《うれ》しいよ、綾子《あやこ》と結婚式ができて」

「巧《たくみ》……」

「……あー。熱い熱い」

　見つめ合っていると、呆《あき》れ果《は》てたような声が入った。

「まーったく、いつまでラブコメやってるのかね、この二人は？」

「……いいだろ、別に」

　少しふて腐れたように言った後、腕の中の翼《つばさ》を見つめる。

「なあ、翼《つばさ》。パパとママは仲良しな方がいいよな」

「うんっ、仲良しな方がいいっ」

「ほら見ろ」

「はいはい、ご馳走様《ちそうさま》」

　ドヤ顔の巧《たくみ》に、肩をすくめる美羽《みう》。

　それから手にした時計を見つめる。

「これからプランナーさんと打ち合わせあるんだっけ？」

「ああ、最終確認みたいなのが、ちょっとだけ」

巧《たくみ》が答えると、美羽《みう》が翼《つばさ》へと手を伸ばしてくる。

「じゃあ、私達はそろそろ戻ってるから。おいで、翼《つばさ》」

翼《つばさ》を受け取った後、床にそっと降ろす。

「えー、翼《つばさ》、パパとママといたい……」

「二人ともすぐ来るから。あっちでバーバ達と待っててよ。ね？」

「……はーい」

大人しく頷《うなず》く。

「ばいばい、パパ、ママ。すぐ来てね」

大変かわいらしい顔でそう言うと、翼《つばさ》は私達に背を向ける。

美羽《みう》と一緒に、歩いていく。

一瞬——

その後ろ姿が、かつての美羽《みう》と重なった。

まだ五歳だった頃の彼女と——

「あ」

思わず声を上げそうになるけど、すぐにドアがしまった。

「どうしたの？」

「……ううん。なんでもない」

小さく首を横に振る。

「ただ、ちょっと昔を思い出してね。まだ美羽《みう》が、今の翼《つばさ》だったくらいの頃」

「……ああ、そうか。綾子《あやこ》が美羽《みう》を引き取ったのが、ちょうど今の翼《つばさ》ぐらいのときだったよね」

「うん」

美羽《みう》が五歳のとき、私は母親となった。

シングルマザーとして生きることを決めた。

そんな私が——今では夫もいて、子供を授かっている。

その子がもう、五歳になっている。

あの頃の美羽《みう》と同じ年。

なんだか、ちょっと面白い。

時の流れを実感してしまう。

「美羽《みう》が今の翼《つばさ》ぐらいのときに、私は母親になることを決めて、シングルマザーとして十年ぐらいやってきた。でも……アレね」

一度目を閉じ、この五年間を思い出す。

「……五歳までの子育てが、こんなに大変だとは思わなかったわ」

「……そうだね」

大変だった！

本っ当に大変だった！

授乳、ミルク、オムツ、お風呂《ふろ》……一人ではなにもできず、目を離したらなにをするかもわからない赤子を二十四時間態勢で面倒を見るという重労働。

失敗の許されない恐怖。

一つの命を任されているという重責。

赤ん坊はこちらの心労や苦労も知らずに、自分の都合だけを押しつけてくる。飲まない。食べない。飲みすぎて吐く。食べすぎて吐く。寝てほしいときに寝ない。寝てほしくないときに寝る。これが……これが乳幼児というもの。

もちろん楽しくないわけじゃない。

幸せじゃないわけじゃない。

初めて寝返りできた日。

初めて『パパ』や『ママ』と言った日。

初めてハイハイできた日。

初めて一人で立ち上がれた日。

初めて歩けた日。

その全てがかけがえのない宝物。

でも…………大変なものは大変！

巧《たくみ》が専業主夫になってくれて本当によかった！

産後の一番死にそうな時期に、もし普通に就活をされてたら確実に病んでた自信がある。専業主夫になる決断をしてくれた彼には、感謝しかない。

「二人で……いや、美羽《みう》と三人がかりで育ててもあんなに大変だったんだから……やむを得ぬ事情で一人で育てなきゃいけないシングルマザーの方々は本当に大変よね……」

「行政のサービスとかをしっかり利用してほしいなあ……」

「……あの産後の苦労を経験せずに堂々とシングルマザー名乗ってたことが、ちょっと申し訳なくなってきたわ」

「なんでだよ。綾子《あやこ》はちゃんと美羽《みう》を育ててきたんだから、堂々としてればいいんだよ」

軽く笑う巧《たくみ》。

私は大きく息を吐く。

「小さかった美羽《みう》も、今じゃ大学生になって一人暮らし……。赤ん坊だった翼《つばさ》はもう五歳……。

しゃべって歩けるようになって、今じゃ保育園に通ってる……。ほんと、あっという間……」

密度が濃すぎる時間だった。

なにもかもが濃密で思い出深くて、忘れたくても忘れられそうにない。

「私ももう、立派なおばさんね」

「綾子《あやこ》はおばさんじゃないよ」

「……いやいや、さすがにもうおばさんだって」

アラサーならまだ頑張って反論しようかとも思うけど……さすがにアラフォーではもう頑張れない。弁解のしようもない。

完膚なきまでにおばさん。

二十代半ばの巧《たくみ》と一緒に生活していると、つくづく自分の加齢を実感する。

もはやある種の悟りの境地にいて、おばさん呼ばわりされても全く腹が立たなくなってきた。

今日この頃なんだけど――

でも巧《たくみ》は、そんな私をまっすぐ見つめてくる。

「確かに年は取ったかもしれないけど、綾子《あやこ》はずっと綺麗《きれい》だよ。ずっと綺麗《きれい》で、今が一番綺麗《きれい》だ」

「…………」

「初めて会ったときから、俺の気持ちは変わらない。世界で一番大切な、大好きな人……」

歯の浮くような台詞《せりふ》を言う。

少しだけ恥ずかしそうに、でもまっすぐ私の目を見て。

今日が結婚式だから——ってわけでもないんだろう。

巧《たくみ》はいつもこんな感じ。

さすがに毎日ってわけじゃないけど……でも、いつだって本気の愛を語ってくれる。私が欲しいときに、欲しい言葉と気持ちをくれる。

「そっか」

私は笑う。

「まあ、巧《たくみ》は元から熟女趣味だもんね。私が老《ふ》ければ老《ふ》けるだけ嬉《うれ》しいのかしら？」

「……いや、そういうことじゃなくて。てか俺、熟女趣味じゃないって、何回も言ってるし」

「嘘々《うそうそ》」

わかってる。

さすがにもう、わかってる。

この人が、私を大好きだってこと。

お世辞でもなんでもなく、本当に私を綺麗《きれい》だと思ってくれていること。

むず痒《がゆ》くなるような愛の言葉も、今は素直に受け止められる。

愛されていると、心から実感できる。

「私も大好きよ」

私は言った。

「たぶん私も、出会ったときからずっと」

嘘《うそ》――というわけでもない。

出会ったときは近所の子供としか思ってなかった……はずなのだけれど、でも人の記憶というのは本当に不思議なもので――今考えると、なんだか出会った瞬間から、どこかで運命を感じていたような気もしてくる。

一目惚《ひとめぼ》れしてたんじゃないかと、思えてくる。

……まあ、本当にそうだったら私は十歳の少年に一目惚《ひとめぼ》れしたことになるので、それはそれで問題なんだけど――でも。

それでもいい。

彼との出会い全てに、運命を感じていたい。

そう考えてしまうことが、きっとなによりも運命なんだと思う。

「……あはは」

しばらく見つめ合った後、耐えきれなくなって私は笑う。

「なんか、またラブコメっぽくなっちゃったわね。さっき美羽《みう》に注意されたばっかりなのに」

「別にいいじゃないか」

巧《たくみ》は言う。

「俺、綾子《あやこ》とは一生ラブコメしてたいよ。お爺《じい》ちゃんになってもお婆《ばあ》ちゃんになっても、こんな風にラブコメしてよう」

軽く笑って、さらりと放たれたその言葉は——なんだか、無性に胸をドキドキさせるものだった。

いつもの真摯な愛の言葉よりも、不意打ちだった分、深く胸に刺さった感じがする。

一生、ラブコメ。

それはなんだか、とんでもなく幸せなことのように思えた。

おばさんになっても、お婆《ばあ》さんになっても。

結婚しても、子供が生まれても、孫が生まれても、ひ孫が生まれても。

一生、ラブコメ——

「……そうね」

少し間を空けてから、私は言う。

「——タッくん」

「……ぶっ」

思い切って言ってみると、巧《たくみ》は噴き出した。

「な、なんだよ、急に」

「ふふっ。別にいいでしょ」

「久しぶりに呼ばれると、すごく恥ずかしいな、それ」

「そんなこと言って。昔はこの呼び方が当たり前だったのよ?」

ていうか。

人生で考えるなら、『タッくん』呼びの期間の方が圧倒的に長い。

『巧《たくみ》』って呼び出してから、まだ五年ぐらいだものね。

「たまにはこういうのもいいわよねー、タッくん」

「や、やめろって。恥ずかしいって」

「タッくん、タッくん」

「……っ」

「ふふ。ねえ、タッくんも昔の呼び方してみてよ」

「えー?　本気で?」

「本気で」

お願いすると、顔を赤くして照れる。

やがて覚悟を決めたような顔で、言う。

「あ、綾子《あやこ》ママ」

「……ぶーっ!」

噴き出した。

思いっきり噴き出した。

化粧が落ちるんじゃないかと思った。

「ちょ、ちょっと待ってよ、タッくん！　なんで⁉」

「あれ？　違った？」

「普通に『綾子《あやこ》さん』でいいでしょ！」

「ああ、そっちか」

「そっちかじゃないでしょ、もう……」

あー……びっくりした。

綾了《あやこ》ママって。

まさか、今更その呼び方が出てくるとは思わなかった。

「確かに、ちょっとヤバいですね、今、『綾子《あやこ》ママ』って呼ぶのは……」

「本当よ……。もうお互い、いい大人なのに。万が一誰かに聞かれたら……」

「……そういう夫婦って思われますよね」

「……うん」

青ざめる私達だった。

でもすぐに、

「……ふふっ」

「あはは」

と笑い合う。

あーあ、まったく。

今日は結婚式で、ビシッと決めなきゃいけない大事な日だっていうのに、なんでこんなコミカルになっちゃうのかしら？

でも――これでいいのかもしれない。

こんな風にラブとコメディをやってるのが、私達らしいのかもしれない。

そして――

コンコン、と。

ドアがノックされた。

担当プランナーの方が入ってきて、三人で今日のスケジュールを最終確認する。

一通りの説明が終わった後で、プランナーさんは出て行った。

私達も、そろそろ行かなければならない。

まずは親族紹介から。

「行こうか、綾子《あやこ》」

「うん」

私達の結婚式が始まる。


親族紹介は滞りなく終わった。

写真撮影もばっちり。

続けて——挙式。

親族が、私の父を残してチャペルに移動した後、すでに式場に来ていた他のゲストの方々も、続々と入場していく。

いよいよ式が始まる。

プランナーさんの挨拶の後、まずは新郎の入場。

巧《たくみ》がチャペルへと向かった。

そして私は、少し遅れてお父さんと入場する。

ドアを開く前に、お父さんは少し泣いていた。

お前と歩けるなんて思ってなかった、と。

美羽《みう》を残してこの世を去ったお姉ちゃんのこと。

美羽《みう》を引き取って育ててきた私のこと。

そして、翼《つばさ》を育ててきた私と巧《たくみ》のこと。

様々な思いが溢《あふ》れているのだと思う。

私もうっかりもらい泣きしそうになるけど、どうにか必死に堪える。

ここで泣いてたら、今日何回泣くかわかったもんじゃないからね。

チャペルのドアが——開かれる。

荘厳《そうごん》な曲と共に、私とお父さんはヴァージンロードを歩いて行く。

ゆっくり、ゆっくりと。

決して大きなチャペルではないし、大がかりな結婚式ではないけれど、でもそれでいい。私達にとって本当に大事な人だけを呼べれば、それで十分。

礼拝堂の椅子には、よく知るゲストの方がたくさんいた。

『ライトシップ』の人達。

十五年以上お世話になっている、私の会社。

入社当時から一緒に働いている人もいれば、最近知り合った人もいる。

招待させていただいた人の中には——もちろん狼森《おいのもり》さんもいる。

一番お世話になって、今もお世話になっている人。

恩人、と言ってもいい。

恥ずかしくてなかなか口には出せないけど。

今日も黒を基調としたパンツルックでばっちりと決まっている。もう五十間近だっていうのに、未《いま》だに若々しい。

……ほんと、なんで年取らないのこの人？

普通に三十代前半ぐらいに見えるんだけど。

そういえば歩夢《あゆむ》くんとは、彼が高校に入学するタイミングから一緒に暮らすようになったらしい。高校ではゲーム部に入って、世界大会とかに出るレベルで活躍しているそうだ。ちょいちょい『ライトシップ』にも顔を出して、ゲーム会社の人と話したりもしてるし……後継者計画は着々と進行中らしい。

続けて反対側──

巧《たくみ》側のゲストに目を移す。

招待したのは、大学時代の友人がメインとなっている。

顔を合わせたこともない人もいるけど、みんな話には聞いていて──

って、あれ？

なんか……すっごい美女がいる⁉

華やかなパーティードレス。スカートの丈は少し短く、細く美しい脚が伸びる。バッチリとメイクを決めた顔はあまりに可憐《かれん》で、少女の無垢《むく》さと大人の妖艶《ようえん》さを合わせ持つような、絶世の美女であった。

新郎側の席にいるってことは、巧《たくみ》の友達よね？

あんな綺麗《きれい》な女の人、呼んだっけ……？　そもそも結婚式に女友達を呼ぶのは……いや、それに文句言うのは時代遅れかしら。男女の友情だってないこともないだろうし……。

一瞬モヤモヤとする私だったけど——すぐに気づく。

あっ。

あれ……聡也《さとや》くんだ。

うわー、うわー、う〜わ〜〜〜っ。

すっごく綺麗《きれい》になってるわね、あの子……！

今も『僕に似合う格好』を続けてるのね。

大学卒業後は普通に就職して、そして去年結婚。

今奥さんは妊娠中って聞いたけど……それでもあんな感じなんだ。

いやはや、世界って広いわ……。

続けて——親族の席に視線を移す。

先ほど挨拶を交わした、両家の親族が並んで座っている。

翼《つばさ》を育てていく中で、歌枕《かつらぎ》家と左沢《あてらざわ》家にはお世話になった。

特にお隣の左沢《あてらざわ》家に関しては……本当に本当にお世話になった。『すぐ隣に旦那の親が住んでるってキツくない？』なんて言われることもあったけど、全くそんなことはない。お隣に住み出してから十五年、ずっと頼ってきてしまった。これから少しずつでもいいから、恩返しできたらと思う。
歌枕《かつらぎ》家の方には、私の両親と親戚。
そして──美羽《みう》と翼《つばさ》が座っている。
かわいいかわいい、私の二人の娘。
私の宝物。
私の家族。
やがて──
一段高いところにいる、彼の元に辿《たど》り着《つ》く。
ゆっくり歩いてきたはずなのに、なんだかあっという間だった。
巧《たくみ》。
左沢巧《あてらざわたくみ》。
タッくん。
パパ。
大切な家族で、世界で一番大切な人──
私の手がお父さんから──彼の手へと託される。
私は彼と並び立ち、二人で誓いの言葉を読み上げていく。
今日の式は、神前式ではなく人前式。

神様ではなく——人に誓う。

お世話になった人達に、大切な友人や親族に誓う。

私達が結婚することを。

夫婦として、家族として、永遠に歩んでいくことを——

まあ。

私達二人はとっくに結婚していたわけだから、今日この日でなにかが劇的に変わるということでもないのだろう。

結婚五年にして、ようやくの結婚式。

なにも変わらない。

明日からも——私達は歩んでいく。

ただそれでもやはり、一つの節目を迎えたような気持ちになる。

人生の節目。

物語の区切り。

そういったものを感じて、感慨深い気持ちになる。

堅苦しい表現をせずにわかりやすく言えば——

とにかくものすごーく幸せってこと！

誓いの言葉の後は、誓いのキス。

人前でキスなんて恥ずかしくて仕方がないけど、今はどうにか、自然にすることができた。

彼とここでキスをすることが、これ以上ない必然のように思えた。

私、歌枕綾子《かつらぎあやこ》。

三ピー歳。

高校生の娘を持つシングルマザー。

じゃなくて。

大学生と五歳の娘、そして最愛の夫がいる、とっても幸せな母親。

これからもずっと、みんなと一緒に幸せに生きていく。

エピローグ

♣

翼《つばさ》は翼《つばさ》！

五歳！

五歳ったら、五歳！

この前は四歳で、今は五歳！

次は六歳になるんだって！

五歳の子供の朝は早い！

「ママーっ、起きて！　起きて！」

ベッドの中で目を覚ました翼《つばさ》は、隣に寝ているママを起こしてあげる。

「……ん。んー」

ママはゆっくり目を開ける。

「おはよう、ママ！」

「翼《つばさ》……おはよう」

「起きて！　朝だよ！」

「んー……まだ、七時じゃない……。今日は日曜日なのに……」

枕の近くのすまーとふぉんを見て、眠そうな声で言う。

「もう少し寝かせて……。ママ、昨日お仕事で遅かったのよ……。担当の作家さんが、全然原稿あげてくれなくて……」

「えー、やだーっ！　起きてよ！」

「あと一時間だけ……『ラブカイザー』始まるときには絶対に起きるから」

「やだやだ、起きてぇーっ！」

「……わ、わかったわかった」

体をずーっとゆすっていると、ようやくママは起きてくれた。

ベッドから降りて、うーん、と体を伸ばす。

「んーっ。よーし。今日も頑張ろ」

「ママー、おっぱい飛び出しそう」

「……いやんっ！」

パジャマから飛び出しそうになっていたおっぱいを、慌ててしまうママ。

本当に、翼《つばさ》のママのおっぱいは大きいなあ。

他のママ達よりも全然大きいもんなあ。

翼《つばさ》も大きくなったら、大きくなるのかなあ。

「ママー、抱っこー」

「はいはい。まったく、いくつになっても甘えん坊なんだから」

ママに抱っこしてもらって、下に降りていく。

キッチンに行くと、パパがもう起きていた。

なにか料理をしている。

翼《つばさ》はママに降ろしてもらってから、今度はパパの方に行く。

「パパーっ、おはよう！」

「おー、翼《つばさ》。おはよう」

パパに抱っこしてもらう。

力持ちだから、ひょい、って感じ。

ママがやるときは、持ち上げる前に一回『……よし』みたいな時間がある。

「おはよう、巧《たくみ》」

「おはよう、綾子《あやこ》。早かったね」

「翼《つばさ》に起こされちゃって」

「昨日、遅かったんだろ？　もう少し寝ててもいいよ。『ラブカイザー』の時間になったら起こしに行くから」

「ううん、大丈夫」

にこりと笑ってママは言う。

「今日は翼《つばさ》といっぱい遊ぶって決めてたからね。ここ一週間ぐらい、ずっと仕事で遊べなかったからね」

それからママは、翼《つばさ》の方を見る。

「今日はいっぱい遊ぼうね、翼《つばさ》」

「うん、遊ぶーっ！」

「了解。じゃあ朝ご飯作っちゃうから、ちょっと待ってて」

パパは翼《つばさ》を降ろすと、また料理をし始めた。

うちではパパが料理をすることが多い。

『しゅふ』と言うらしい。

外に働きに行かないで、家のことをたくさんやってくれるパパを、そう呼ぶらしい。でも、そういうママのことも『しゅふ』と呼ぶらしいので、翼《つばさ》にはまだよく違いはわからない。

でもパパは、翼《つばさ》を保育園に預けている間は『ぱーと』で働いたりしてるし、この頃『しゅうしょくかつどう』も始めているそうだから、もうすぐ『しゅふ』じゃなくなるのかもしれない。

うーむ。

翼《つばさ》には難しくてよくわからない。

朝ご飯ができるのを待っていると、

「ふわーあ、おはよう」

お姉ちゃんが起きてきた。

のそのそと、リビングに入ってくる。

「お姉ちゃん、おはよう!」

「翼《つばさ》、おはよう」

「おはよう、美羽《みう》。珍しいわね。日曜日に早く起きてくるなんて」

「今日は、仙台に帰る前に翼《つばさ》とたくさん遊ぶって約束したからね。ねえ、翼《つばさ》」

「うん、お姉ちゃんとも一緒に遊ぶーっ」

お姉ちゃんは昨日、お泊まりに来た。

いつもは仙台に一人で住んでいるんだけど、お休みのときには、結構うちに帰って来ることが多い。

『翼《つばさ》に会いたいからね』と言ってくれる。

お姉ちゃんは翼《つばさ》が大好きみたいだし、翼《つばさ》もお姉ちゃんが大好き。

でも、それだけじゃないと思う。

「タク兄、私、コーヒーお願い」

「はいはい」

「もう、美羽《みう》。そのぐらい自分でやりなさい」

「いいじゃん。たまに実家に帰ってきたときぐらい」

「あなた、結構頻繁に帰ってきてるでしょ……。あと、その『タク兄』って呼び方もいい加減に直しなさいよ」

「だって、タク兄はタク兄だし。今更『パパ』なんて呼べないでしょ」

「まったく……」

「それでいうと、私、未《いま》だに二人が名前で呼び合ってるのが気持ち悪いんだけどね。全然しっくり来ない……」

「な、なんでよ⁉」

「ママはやっぱり『タッくん』って呼んでないと」

「呼ばない！　もうやめたの！」

「とか言って、二人きりのときは呼んでたりして」

「そそっ、そんなことないわよっ」

顔を真っ赤にするママと、楽しそうなお姉ちゃん。

翼《つばさ》にはわかる。

たぶんお姉ちゃんは、寂しくて帰ってきてるんじゃないかな？

だって。

お姉ちゃんも、パパとママのことが大好きだと思うから。

翼《つばさ》に、そして二人に会うために、しょっちゅう帰ってくるんだと思う。

大好きな家族に会うために。

「ご飯、できたぞ」

パパが作ったご飯を四人で一緒に食べる。

翼《つばさ》はもう、ちゃんと一人で食べられる。

お箸だって使えるもんね、えっへん。

「翼《つばさ》、ご飯食べたら、『ラブカイザー』までなにする？」

ママが聞いてくる。その横でお姉ちゃんが小声で「……『ラブカイザー』は確定なんだ」と言っていた。

「うんとね、結婚式のビデオ見たい！」

「結婚式の？」

お姉ちゃんが目を丸くした。

「あれが見たいの？」

「うん、とっても楽しかったから！」

「翼《つばさ》、結婚式のビデオ見るの好きなのよね」

「もう何回見たかわからないな」

パパとママが言った。

「ふーん。まあいいけど……でも、恥ずかしいなあ、あれ」

「お姉ちゃん、泣いてたもんね」

「……うるさいー」

翼《つばさ》が言うと、お姉ちゃんは少し顔を赤くした。

「ふふっ。恥ずかしがることないわよ、美羽《みう》。私なんて、披露宴で何回泣いたかわからないんだから」

「……ほんとだよね。特に余興で……『ラブカイザー・ソリティア』やった繋《つなぎ》マリアさんがサプライズで登場したときとか」

「――っ！」

「ママ、信じられないぐらいテンション上がって、大号泣してたよね……」

「俺は事前に知ってたけど……まさか、あそこまで狂喜乱舞するとは思わなかったな……」

「私の手紙より泣いてた気がする。娘としてちょっと複雑だわ……」

「しょ、しょうがないでしょ！　だ、だって、繋《つなぎ》マリアさんが来てくれたのよ！　もう立派な女優になってて、声優の方は全然やってないのに……私のためにヒユミンのキャラソン歌ってくれたのよ！　そんなの……冷静じゃいられなくて当たり前じゃない！」

『ひろーえん』では、昔の『ラブカイザー』の人が、『さぷらいずげすと』で登場してくれた。

ママの知り合いの、おいのもりさんって人が呼んでくれたらしい。

ママはその人がとっても好きみたいで……びっくりするぐらい泣いてた。

泣きながら大喜びしてた。

五歳の翼《つばさ》より五歳みたいになってて、翼《つばさ》は少し複雑な気持ちになった。

「あーあ、いいなあ」

翼《つばさ》は言う。

「翼《つばさ》も、結婚式やってみたいなあ」

綺麗《きれい》な服を着て、みんなに祝ってもらえて。

ママとパパの結婚式は、とっても楽しそうだった。

「翼《つばさ》の結婚式はまだまだ先かなあ」

お姉ちゃんが笑いながら言う。

「えー、なんで?」

「まずは相手を見つけないとね」

「もういるよ」

え? というお姉ちゃん。

翼《つばさ》は椅子から降りて、パパの方に走って行く。

そして、ギュッとパパの腕を掴《つか》む。

「翼《つばさ》、パパと結婚する!」

みんなが驚いた顔となった。

おかしいな。

なんで驚いてるんだろう。

翼《つばさ》はなにも変なことは言ってないはずなのに。

「ねえパパ、いいでしょ？」

「……えっと」

「翼《つばさ》、パパ、大好きだよ。パパも翼《つばさ》大好きだよね？」

「だ、大好きだけど」

「じゃあ結婚！　決まり！」

パパはなんだか微妙な表情だった。

ママも同じ。

「あ、あのね、翼《つばさ》。気持ちはわかるけど、パパとは——」

そんな風になにかを言いかけたところで、

「——いいんじゃない？」

とお姉ちゃんが言った。

悪戯《いたずら》を思いついたみたいな顔で。

「翼《つばさ》、パパと結婚しちゃいなよ」

「うん、するー」

「あー、でもなあ。実は私も、タク兄のこと大好きなんだよなー」

だから。

と言った後、お姉ちゃんは椅子から立ち上がる。

そしてパパに近づいてくる。

翼《つばさ》が握ってる腕とは反対の方を、強く握ってきた。

「私も、パパと結婚しちゃおっかな」

にんまりと笑って言うお姉ちゃん。

パパは目を大きく見開いた。

「お、おい……なに言ってんだよ、美羽《みう》まで」

「いいでしょ？　それともタク兄は、私のこと嫌いなの？」

「き、嫌いじゃないけど」

「じゃあ好き？」

「……す、好きは好きだけど」

「だったら問題ないね。はい、私とタク兄、結婚しまーす」

そしてお姉ちゃんは、ギューッと強くパパの腕を握った。

自慢するみたいな顔で、翼《つばさ》を見つめてくる。

「ごめんね、翼《つばさ》。パパは私と結婚するの」

「ダーメっ！　パパは翼《つばさ》と結婚するのーっ！」

「ダメダメ、私と」

「翼《つばさ》と〜っ！」

両側から腕を引っ張り合う翼《つばさ》とお姉ちゃん。

「ふ、二人とも……もう、落ち着けって」

パパは困ったように言うけど、なんだかちょっと嬉《うれ》しそうだった。

そんなとき――

「――ダ、ダメよ！」

ママが立ち上がって叫んだ。

顔を真っ赤にしている。

「絶対ダメ！　パパは二人とは結婚できないの！」

大きな声で言った後、翼《つばさ》達の方に歩いてくる。

「確かにパパはね……二人のことが大好きよ。でもそれは……なんていうか、違う好きなの！　家族として好きってことなのよ！　結婚したい好きとは違うの！」

ムキになったように言うママ。

それからなんと――パパに抱きつく。

翼《つばさ》とお姉ちゃんから、強引にパパを取り返した。

そして——ぎゅうっと抱き締める。

強く強く、抱き締める。

見ているこっちが、びっくりするぐらいに。

「美羽《みう》、翼《つばさ》。よく聞きなさい。パパはね——」

ママは大きな声で言う。

「娘じゃなくて私《ママ》が好きなの！」


〈完〉

あとがき

ラブコメ作品の終わりというと、主人公とヒロインの交際や結婚でエンドというパターンがなんとなく多いと思いますが……しかし人生で考えると、『その後』の方が長そうですよね。悲しいことに、現代人の人生っておじさんおばさんになってからの方が長いので……。交際してから、結婚してからの方が物語は長く続く。そんな視点に立ってみるとラブコメ作品っていうのは、人生という長丁場の恋愛劇の中で本当に一瞬……閃光《せんこう》のように煌《きら》めく一瞬を切り取って作品として描いているものかなと思います。……いや、まあ、そう言ってしまうとまるで結婚してからは煌《きら》めきが少ないみたいになってしまいますが。この作品の二人には、一生ラブコメして煌《きら》めいててほしいです。

そんなわけで望公太《のぞみこうた》です。

お隣のママと純愛するラブコメ、第七弾——にして最終巻！

とうとうここまで来られました。僕の趣味丸出しのこの作品、やりたいこと全部やって完結です。もう思い残すことはなにもない。逆バニーもやったし。

というわけで、最終巻なのでキャラ解説！

歌枕綾子《かつらぎあやこ》——本作のヒロイン、にして主人公。シングルマザーにして恋愛未経験という大変稀有《けう》な存在。僕の年上趣味の煮凝《にこご》りみたいなキャラ造形といっていいでしょう。ラノベ業界のヒロイン像に一石を投じたのではないかと、勝手に思っています。『年上ヒロインには面倒臭くあってほしい』という僕の願望のせいか、大変面倒な女性になってしまいました。普段はブレーキ踏みすぎてるくせにたまにアクセル踏むとフルスロットルなのがいいですよね。ずっとアラサーと言い張って年齢をフワッと濁してきましたが、今回のエピローグでとうとうアラフォーに……。でもまあ、綾子《あやこ》ママはきっといつまでも綾子《あやこ》ママでいてくれるでしょう。あと……ラブカイザー関連はとにかく書いてて楽しかったです！

左沢巧《あてらざわたくみ》——本作の主人公、にしてヒーロー。『僕がアラサーシングルマザーだったら、こんな大学生に言い寄られたい』という願望で描いた主人公です。誠実、一途《いちず》、長身、筋肉質。非の打ち所があんまりない。強いて言えば……後半に段々と欲望に忠実になっていったところでしょうか……。十歳の頃からお隣の綾子《あやこ》ママに無自覚誘惑され続けて性癖が完全に歪《ゆが》んでしまった感がありますが、それはとても幸せなことであり運命と呼べるものだったのでしょう、たぶん。大学で『アルティメット』やってる設定はもう少し掘り下げたかった気もしますが、まあそこ頑張ってもなあという感じでほとんど触れませんでした……。

歌枕美羽《かつらぎみう》——綾子《あやこ》ママの一人娘、だったのが最終巻で長女に。クールで大人びてるけど、なんだかんだ年相応な女の子。この子がツッコミ役になってくれなきゃこの物語は成立しなかったでしょう。当初、ヒロインとして本格参戦させてドロドロ母娘《おやこ》三角関係になるパターンもちょっとだけ検討していましたが……編集部から大反対されて三巻のような形に。僕もこれでよかったと思っています！　美羽《みう》ちゃんはあくまで娘で、そしてどこまでも幼馴染《おさななじ》み。最終巻でちょっとだけ自立して家を出てしまいましたが……なんとなく就職は地元でして実家に戻るタイプな気がします。

狼森夢美《おいのもりゆめみ》――綾子《あやこ》ママの上司にして女社長。傍若無人《ぼうじやくぶじん》で傲岸不遜《ごうがんふそん》、やりたい放題。それでいてなんだかんだ社員から慕われている社長。ヘラヘラしてるようで、たまにズバッと本質を突いてくれる。こういうキャラがいると物語が締まる気がします。当初はあまり背景などは考えていませんでしたが、作品を続けていく中でどんどん物語ができあがっていき、六巻のような形となりました。綾子《あやこ》ママとは似てるようで違う、一人の母親。ちなみに『ライトシップ』のモデルは言うまでもなく『ストレートエッジ』です。

梨郷聡也《りんごうさとや》――巧《たくみ》の友達。にして女装家。じゃなくて似合う格好をしてるだけ。いわゆる『主人公の親友ポジはイケメンがいい』という僕の好みで生まれたキャラです。別レーベルの『年カノ』で王道のイケメン親友は描いてしまったので、じゃあ今回はもっと突き抜けようということで、美少女にもなれるイケメンに。それでいてそういった属性を、別段掘り下げず『普通のこと』として描きたかったっていう意図もあります。男がスカート穿《は》いてメイクしてマニキュア塗っても、まあ普通の世界。現代ってそういう時代なんじゃないかなと。

以上！

本作はこれで一旦完結ですが、コミカライズの方はまだ続いていきますので、どうぞよろしくお願いします。最新三巻は四月二十七日発売予定！

以下謝辞。

宮崎《みやざき》様。大変お世話になりました。自分でも『さすがにラノベじゃ無理か』と思っていたこの企画を世に出そうと思えたのは、宮崎《みやざき》さんが『それ、面白いですよ！』と絶賛してくれたからです。宮崎《みやざき》さんがいなかったらこの作品は生まれなかったと思います。ぎうにう様。本当にありがとうございました。僕の思い描く綾子《あやこ》ママそのもの……いや、それ以上の綾子《あやこ》ママをたくさん描いてくださって、本当に本当に感謝しています。ぎうにうさんから伝わってくる綾子《あやこ》ママへの愛が執筆の大きなモチベーションとなりました。

そして、七巻まで読んでくださった読者の皆様に最大級の感謝を。

それでは、縁があったらまた会いましょう。

望公太《のぞみこうた》

望先生、みやPさん、ファンの皆さま、
ありがとうございました。
美羽ちゃんはいいお姉ちゃんになりますね…♡

◉望 公太著作リスト

「娘じゃなくて私《ママ》が好きなの⁉」（電撃文庫）
「娘じゃなくて私《ママ》が好きなの⁉②」（同）
「娘じゃなくて私《ママ》が好きなの⁉③」（同）
「娘じゃなくて私《ママ》が好きなの⁉④」（同）
「娘じゃなくて私《ママ》が好きなの⁉⑤」（同）
「娘じゃなくて私《ママ》が好きなの⁉⑥」（同）
「娘じゃなくて私《ママ》が好きなの⁉⑦」（同）

本書に対するご意見、ご感想をお寄せください。

ファンレターあて先
〒102-8177　東京都千代田区富士見2-13-3
電撃文庫編集部
「望 公太先生」係
「ぎうにう先生」係

本書は書き下ろしです。

電撃文庫

娘《むすめ》じゃなくて私《ママ》が好《す》きなの⁉ ⑦

望《のぞみ》 公太《こうた》

2022年4月10日　初版発行

発行者　青柳昌行
発行　株式会社KADOKAWA
〒102-8177　東京都千代田区富士見2-13-3
0570-002-301（ナビダイヤル）
装丁者　荻窪裕司（META＋MANIERA）
印刷　株式会社暁印刷
製本　株式会社暁印刷

●お問い合わせ
https://www.kadokawa.co.jp/（「お問い合わせ」へお進みください）
※内容によっては、お答えできない場合があります。
※サポートは日本国内のみとさせていただきます。
※Japanese text only

※定価はカバーに表示してあります。

ISBN978-4-04-914287-7　C0193　Printed in Japan

電撃文庫　https://dengekibunko.jp/

電撃文庫創刊に際して

文庫は、我が国にとどまらず、世界の書籍の流れのなかで〝小さな巨人〟としての地位を築いてきた。古今東西の名著を、廉価で手に入りやすい形で提供してきたからこそ、人は文庫を自分の師として、また青春の想い出として、語りついできたのである。

その源を、文化的にはドイツのレクラム文庫に求めるにせよ、規模の上でイギリスのペンギンブックスに求めるにせよ、いま文庫は知識人の層の多様化に従って、ますますその意義を大きくしていると言ってよい。

文庫出版の意味するものは、激動の現代のみならず将来にわたって、大きくなることはあっても、小さくなることはないだろう。

「電撃文庫」は、そのように多様化した対象に応え、歴史に耐えうる作品を収録するのはもちろん、新しい世紀を迎えるにあたって、既成の枠をこえる新鮮で強烈なアイ・オープナーたりたい。

その特異さ故に、この存在は、かつて文庫がはじめて出版世界に登場したときと、同じ戸惑いを読書人に与えるかもしれない。

しかし、〈Changing Times,Changing Publishing〉時代は変わって、出版も変わる。時を重ねるなかで、精神の糧として、心の一隅を占めるものとして、次なる文化の担い手の若者たちに確かな評価を得られると信じて、ここに「電撃文庫」を出版する。

1993年6月10日
角川歴彦

電撃文庫DIGEST　4月の新刊

発売日2022年4月8日

創約　とある魔術の禁書目録《インデックス》⑥

【著】鎌池和馬　【イラスト】はいむらきよたか

へそ出し魔女と年上サキュバス。流石は年末カウントダウンの渋谷、すごい騒ぎだなと思いきや、二人は学園都市の闇を圧倒したアリスの仲間のようで!?　金欠不幸人間・上条当麻のアルバイト探しは果たしてどうなる？

娘じゃなくて私《ママ》が好きなの!?⑦

著／望 公太　イラスト／ぎうにう

私、歌枕綾子、3ピー歳。タッくんとの交際も順調かと思いきや……なんと子供ができてしまう。彼の人生の決断。美羽の気持ち。最後の最後までドタバタしてしまう私達。様々な試練を乗り越えた二人の行く末は――。

ユア・フォルマⅣ
電索官エチカとペテルブルクの悪夢

著／菊石まれほ　イラスト／野崎つばた

「私の代わりに、奴を見つけて下さい」亡くなったはずのソゾンを騙る一本の電話。その正体を追う最中、アミクスを狙う「バラバラ殺人事件」が発生する。犯行の手口は『ペテルブルクの悪夢』と酷似していて――!?

魔法少女ダービーⅡ

著／土橋真二郎　イラスト／加川壱互

惨劇回避のため用意された、二周目の世界。やることは、潜伏する黒幕を見つけ出し、消し去ること。一周目の知識を使い、平穏な日常を甘受するホノカ。だが、些細なズレから物語はレールを外れ、軋みを上げ始め……。

こんな可愛い許嫁がいるのに、他の子が好きなの?2

著／ミサキナギ　イラスト／黒兎ゆう

《婚約解消同盟》vsハイスペック婚約者・氷雨、勃発！　策謀渦巻く四角関係は波乱の勉強合宿へ……!?

美少女エルフ（大嘘）が救う！弱小領地 2
～金融だけだと思った？　酒と女で作物無双～

著／長田信織　イラスト／にゅむ

製糖事業を始めたいアイシア。そのためにはドワーフの技術が必須！　のはずが、若き女族長に拒否られてしまい!?　彼らの心を開くためにアイシアがとった秘策とは……？　爽快・経済無双ファンタジー第2弾！

ちっちゃくてかわいい先輩が大好きなので一日三回照れさせたい4

著／五十嵐雄策　イラスト／はねこと

風邪でダウンした龍之介のため、花梨先輩がお見舞いにやってきた！　照れながら看病してくれる花梨に、龍之介はますます熱があがってしまいそうに!?　さらには、ハロウィンパーティーで一騒動が巻き起こり――！

新作　推しの認知欲しいの？←あげない

著／虎虎　イラスト／こうましろ

あたし、手毬は幼馴染の春永に十年片想いをしているが、彼が好きになったのはもう一人のあたし――覆面系音楽ユニットのderella だった。知られてはいけないもう一人のあたしにガチ恋ってどうしたらいいの～!?

新作　星空☆アゲイン
～君と過ごした奇跡のひと夏～

著／阿智太郎　イラスト／へちま

夜空から星が失われた村で、その少年は日々を惰性で過ごしていた。しかし、そんなモノクロの日常が不思議な少女との出会いによって色付いてゆく。「星夜祭の復活」そのひと言からすべては動き出して――。

新作　チアエルフがあなたの恋を応援します！

著／石動 将　イラスト／成海七海

「あなたの片想い、私が叶えてあげる！」　恋に諦めムードだった俺が道端で拾ったのは――異世界から来たエルフの女の子!?　詰んだと思った恋愛が押しかけエルフの応援魔法で成就する――？

新作　僕らは英雄になれるのだろうか

著／鏡銀鉢　イラスト／motto

人類を護る能力者・シーカーの養成学校へ入学を果たした草薙大和。大出力で殴ることしか出来なかった大和だが、憧れの英雄の息子と出会い、学園へと誘われたのだった。しかし、大和の能力と入学には秘密があり――

新作　飛び降りる直前の同級生に『×××しよう！』と提案してみた。

著／赤月ヤモリ　イラスト／kr木

飛び降り寸前の初恋相手に、俺が力になれること。それは愛を伝えて、彼女の居場所を作ることだ。だから――。「俺とS●Xしよう！」「……へ、変態っ！」真っすぐすぎる主人公&クールJKの照れカワラブコメ！